君にさよならを言わない

七月隆文

JN181536

宝島社
文庫

宝島社

目次

ぼくには、幽霊が視《み》える。

交通事故で生死の境をさまよい、目が覚めたらそうなっていた。

それからは大変なこともあったけど、でもいいことというか、思い出に残るような出来事もたくさんあったんだ。

たとえば……

初恋の女の子、芹沢桃香《せりざわももか》の幽霊と会ったこと。

君にさよならを言わない

星の光を

1

「うれしいなぁ。明《あきら》くんと久しぶりに話せた……」

桃香の幽霊が、嬉し泣きの顔で言う。

夕暮れに差しかかる住宅街に佇みながら、その半分透けた体を黄昏の金色に浮かばせている。

夏らしい麦わら帽と、涼しげな白のワンピース。

セミロングの髪、素直で明るいまなざし、やわらかな笑みを浮かべた口許《くちもと》。

その顔立ちはたしかに、桃香なんだと思えた。

そういう感触があった。

「………」

でも、ぼくはまだ信じきれなかった。

だって、桃香が死んだのは小学四年生の夏。

なのに目の前の彼女は、ぼくと同じ高校生くらいの見た目に成長している。

「でもひどいよ。私、ずっとずっと、ここ通るたび声かけてきたんだよ？　なのに無視するんだもん」

桃香が唇をとがらす。

ぼくが幽霊を視ることができるようになったのは、先週の交通事故がきっかけで、今はようやく退院した帰り。

そしてここで、桃香に会った。「おかえり」と言って、懸命に話しかけてきた。

「……ほんとに桃香、なのか？」

ぼくは最大の疑問を口にする。

「なんでそんなに大きくなってるんだ」

「大きくって、なに」

彼女が噴き出す。

「成長してるのかってことだよ。だってお前は、小四の時に――」

「あーっ、わかった！　無視の次は『お前は偽物だ』みたいな攻撃に出るんだ⁉」

むっと両手を腰に当て、

「女の子をいじめるなんてサイテーだよ！　幻滅の悲哀だよ！」

ぼくは――はっとなった。

それは、桃香がよく使っていた謎《なぞ》の表現だった。どこで仕入れてきたのかはいまだに不明の。

そして、ぼくは――

「だから幻滅の悲哀ってなんだよ」

昔よくしたやりとりを、合言葉として投げかける。

すると。

「幻滅で悲哀なの！」

合言葉が、ぴたりとはまった。

――――。

体の奥が、瑞々《みずみず》しく震えた。

……………ほんと、なんだな。

「桃香」

にじんだ声で呼びかけると、不思議そうに首を傾げつつ、にこりと白い歯を見せる。

光を散らすような印象の、独特の笑顔。

「ん？」

昔と変わらない、初恋の子の笑顔だった。

2

「そういや明くん、一週間ぐらい見なかったけど旅行にでも行ってたの？」

「ああ、えっと……」

ぎこちない自分に気づく。

六年ぶりの再会で、ぼくも高校生になってるから距離感に迷う。けど、

「ねえねえ？」

首を傾げてのぞき込んでくる桃香は、当たり前だけど桃香のままで、ぼくはこれが何も特別なことじゃないような気がしてきた。六年の空白なんて、なかったんだと。

「おねーちゃんっ！」

ふいに女の子の声がした。

振り向くと、左右の髪を尻尾みたいに結んだ子がぱたぱた駆けてくる。

聡美《さとみ》ちゃんだった。

桃香が死んだあとに生まれた、桃香の妹。たしか来年小学校。

聡美ちゃんはぼくには目もくれず、そのまま――隣にいる桃香の前に立ち。

「聡美、いっしょうけんめいかくれてたのに！」

はっきりと見上げながら、言った。

「ごめんね。明くんがいたから、つい」

――え。

ぼくは茫然となる。

二人が普通に会話していた。

聡美ちゃんには、桃香が見えている……？

「ねえねえ聡美ちゃん、明くんがやっと私のこと無視するのやめてくれたよ！」

桃香が弾んだ声で報告すると、聡美ちゃんがこっちを見てくる。

「……やあ、聡美ちゃん」

挨拶したとたん、ぱっと桃香の後ろに隠れる。人見知りの激しい子で、いつもこんな感じだった。

「……どうしてお姉ちゃんをムシしてたんですか」

隠れながら、責めるように聞いてきた。

「え？」

「なんでみんなムシするんですか。お姉ちゃんかわいそうです」

「もういいんだよ聡美ちゃん、もういいの」

「でも」

「明くんがお話ししてくれて、お姉ちゃんすごく嬉しいの」

ふんわりと微笑《ほほえ》む。

聡美ちゃんはどうにか納得したように目を伏せ、

「じゃあもう一回、かくれんぼ」

「うーん」

桃香は淡く色づく夕空を仰ぎ、

「もう遅いから、お家《うち》に帰ろう？」

「やだ！」

「聡美ちゃん――」

「やだあ！　もういっかい！」

「聡美ちゃん」

桃香が膝をついて、聡美ちゃんと同じ目線になる。

「ママに心配かけないって、約束したよね？」

聡美ちゃんがおとなしくなって、やがてこくん、とうなずく。桃香が目を細める。

ぼくの見たことのない「お姉ちゃん」の表情だった。

「じゃあ、帰ろう」

「……おうた、うたって」

「うん、歌いながらいこう」

ぼくは夢を見てるんじゃないかと思った。

だって、二人が話している姿があまりに普通すぎて、まるで……桃香が生きているみたいだ。

あの日のことをはっきり覚えているのに。河川敷で桃香と待ち合わせしていたぼくのもとに母が軽自動車で駆けつけた光景が焼き付いているのに——。

なのに、桃香が死んだのは何かの思い違いだったんじゃないかと……そんなことを考え始めている。

ぼくはそっと、桃香に手を伸ばす。

触れられるんじゃないか？

そうしたら、わかる。

掌《てのひら》が、桃香の肩に近づいていく。

こめかみに汗が噴き出す。息がちょっと苦しくなる。

白いワンピースに届く。

「きゃあっ！」

気づいた桃香が大きく飛びのいた。

「あ、明くんのエッチ！」

顔を真っ赤にしている。焦っているように見えた。

「いきなりさわるなんてエッチだよ！　幻滅の悲哀だよ！」

「あ、うん……ごめん」

「ねえねえ聡美ちゃん、お兄ちゃんエッチだよ」

「エッチ」

「幻滅の悲哀だよ」

「ゲンメツのヒアイ」

その言葉を教えるのは、どうかと思う。


「ただいまぁ！」

聡美ちゃんの声に、門前で水やりをしていたおばさんが振り返る。

「おかえり聡美」

スカートにじゃれついてきた聡美ちゃんの頭に手をおく。

「明くん」

ぼくは「どうも」と会釈《えしゃく》した。

「今日退院だったの？」

「はい」

「あのね、あのね」

聡美ちゃんがスカートをぐいぐい引っぱりながら、

「聡美、今日もお姉ちゃんと遊んだよっ！」

「お姉ちゃん……？」

聞き返す表情が曇る。またなの。そんな声が聞こえそうなニュアンス。

「ほら、そこ！」

聡美ちゃんは、どうだ、とばかりに桃香のいる位置を指さす。

おばさんは、その先を目で追い……………失望を浮かべた。

「……お姉ちゃんなんていないわよ？」

疲れたふうに言う。

――。

ぼくの胸が、ちくりと痛む。

やっぱりそうだよな。

桃香は、幽霊なんだ。

「なんでママもムシするの⁉　お姉ちゃん、そこに――」

むきになった聡美ちゃんが、言葉を止める。

桃香が「しぃ」と唇に指をあてていた。

とてもかなしい瞳《め》をして。

少し前、聡美ちゃんに空想癖があるという噂《うわさ》を聞いた。ありもしないことをいろいろ話すと。人見知りの激しさで幼稚園でもなかなか友達ができない。そのせいじゃないかと。

これが真相だったんだ。

「明くん、体はなんともない？」

おばさんが、話題を変える。

「はい、おかげさまで、どこも」

「そう。よかった」

本当にそう思ってくれていることが伝わってきた。

「事故に遭ったって聞いて、まさか明くんまで、なんて……」

ぼくは何も言えなくなる。桃香が死んだのも、交通事故だった。

「ごめんなさいね」

「いえ……」

「柚《ゆず》ちゃんも待ってると思うから早く帰ってあげて。それじゃあ」

「はい」

おばさんは聡美ちゃんを促し、ドアに向かう。

聡美ちゃんは何度も桃香に振り向きながら、家の中に入っていく。
ドアが閉まった。
桃香が、何も言わずそれをみつめていた。

3

道路に、ぼくの長い影が落ちている。

隣を歩く桃香の影はない。

足音は……夕方に鳴き始めたクマゼミの声で聞こえない。

「明くん、入院してたの？」

桃香が心配げに尋ねてきた。

「ああ、ちょっと。でも、もうなんともないよ」

「そっか。よかった」

「……それより桃香」

ぼくは切り出す。さっきからずっと気になっていることがあった。

「さっき聡美ちゃんが言ってたけど、みんながお前を無視――」

「聡美ね、友達いないみたいなの」

遮《さえぎ》るように。

「お母さんと私にはあんなふうだけど、すごく人見知りするんだ」

「桃香――」

「怖いみたい。友達はものすごくほしいのに、もし何かで失敗しちゃったらどうしようとか、そういうこと怖がって、近づけずに――」

「桃香！」

つらくて、遮った。

セミの鳴き声が、終わりに差しかかる。

「……『みんなが無視してる』って、なんのことだ？」

桃香は応えない。

ぼくはその横顔を、せつない思いでみつめている。

どうして桃香がここにいるのか――幽霊になって、ずっとこの世に留まっているのか――その答えが、悲しいものとして出ようとしていた。

「……聡美ちゃんには自分のこと、なんて言ってるんだ？　あの感じだと、ほんとの姉だって言ってないんじゃないか？」

桃香が目を伏せる。

それが、答えだった。

桃香は――自分が死んだことを認めていない。

だから「みんなが無視してる」と言う。

だから妹に自分の正体を教えない。そうすれば「お姉ちゃんは死んだはず」と言われてしまうから。

自分はまだ生きているのだと思おうとしている。だからきっと……

……成長した見た目になっている。

「罰ゲームなんだよね？」

桃香が、苦し紛《まぎ》れの笑みを浮かべる。

「私、何かすごく悪いことしちゃったんでしょ？　だから罰ゲーム。みんな無視して、お母さんも無視して、家《うち》にも入れてもらえない。……でもさっ」

ぼくに振り向く。

「明くんが許してくれたし、あと少しで終わりなんだよね？」

ぼくは、自分が今どんな表情をしているのかぜんぜんわからない。

「……なあ桃香」

「……なに？」

桃香が静かに問い返してくる。木陰の落ちるその真顔《まがお》は、ふれれば割れてしまいそうにせつなくて、けれど何かを覚悟しようとしている苦しさがあった。

ぼくの喉の奥で――言葉が止まり、沈んでいった。

微かな夏の風が、半袖の腕をゆるりと撫でていく。

「私ね、毎日、明くんに挨拶したよ」

風に、桃香の声が運ばれた。

「おはよう、いってらっしゃい、おかえり。今日は楽しいことあった？　また明日ね……明くんをみつけるたび、そばに行って」

思い返すふうに、どこでもない場所をみつめている。

「地区の対抗戦でバッターボックスに立ったとき、観客席で応援してたよ。明くんのおばさんが出ていっちゃって悲しそうにしてたときは、隣のブランコに座ってたよ」

…………。

ぼくは過去の記憶を呼び起こす。

地区の対抗戦でいきなり代打に指名されて、気を失いそうになるくらい緊張した。母がもう帰ってこないと父に知らされたあの夜、窮屈になっていたブランコに揺られた。

「……あのとき、いたのか」

「これだもんなぁ」

桃香が苦笑いする。

空いていた隣のブランコを思い出し、胸が締めつけられ、熱くなった。

「中学に入って、ぐんぐん背が伸びていったね。高校に入ってからは、首がちょっと太くなったね。それで今日……」

桃香が振り向き――

「やっと返事、してくれたね」

とても嬉しそうに、笑った。

そのとき、ぼくの全身が熱い温度で揺らいで、こみ上げるように思い出した。

ぼくは桃香のことが好きだったのだと。

「あ、ほら、公園だよ」

桃香が指さす。

「あのブランコだよ」

「うん」

「ね、行こうよ」

ぼくが何か言う前に、桃香がぱっと駆けだす。

「はやくはやく！」

そう手を挙げる姿に、快活な女の子だったあの頃の桃香がはっきりと重なった。

真夏の公園には人影がなく、暮れていく陽《ひ》とセミの声に浸っている。

入口の掲示板には、アニメのキャラクターが描かれた花火大会の告知ポスターが張られていた。

「では明くん、はりきって乗りたまえ」

桃香がおどけた口調で言う。

「いや、無理なんだ」

「なぜかね」

「実はちょっと前にさ、気が向いて乗ろうとしたんだ。でも狭くて座れなかった」

「へえぇ」

桃香は、その発想はなかったというふうに目を見開く。

「では、立ち漕《こ》ぎではどうか」

まだそのキャラを引っぱるのか。

「それもやったけど、背が高いとさ、ブランコが短くてうまくいかないんだ」

「そうなの？」

「ああ。なんか『もう子供じゃないんだ』って自覚させられて、寂しいような、変な感じだよ」

「そうかー……」

桃香がぼんやりとブランコの板を見ている。

「桃香、乗ってみろよ」

「私も子供じゃないもん」

「でもスリムだろ?」

「それは、そうだね」

ませた感じでうなずき、乗ろうとする。

瞬間、ぼくは幽霊なのに乗れるのだろうかと焦ったけど……桃香はちゃんと、板の上に腰掛けた。

座っているけど、重さがまったくかかっていない。かといって浮いているわけでもない。夢のような不思議な質感だった。

「乗れたね」

「スリムだからな」

「そのとおりだね」

言って、笑う。

「押そうか?」

「そっとね」

そっと押した。

きぃ、ぃぃ、と微かな音を立ててブランコが揺れる。

「わ、わ、人に押してもらうブランコってどきどきするね。——あ、昔こんなことあったね。あれはなんだったかなぁ」

言われて、思い出す。

「小一のとき、やったな。桃香が落っこちたんだ」

「そうだそうだ、びっくりして前に落ちたんだ。すごい泣いた」

「あのときは、ごめんな」

「ううん。ああ……懐かしいねえ」

ぼくの押すブランコに乗って、桃香が楽しそうに揺れている。

夏の夕陽に微かに透けるその姿は雪のように綺麗《きれい》で、ぼくはただひたむきにその姿を目に映していた。

この瞬間、この公園にあるものすべてがあんまりにも美しくて、ぼくは今ほんとうに夢の中にいるんじゃないかって、そんな気になった。

なんとなく公園の時計を見て、驚いた。

一時間が過ぎていた。

「わー、あっという間だね」

桃香も言う。

六時二〇分。夏の長い日も、暮れが色濃くなっていた。

「明くん、帰らないと」

「ああ、うん、だな」

自分の声の重さを自覚する。とても離れがたくなっている気持ちに。

「また明日も会おうよ」

桃香が当たり前のように言った。

そうか。

「そうだな」

「うん」

桃香は弾むように立ち上がる。

「夏休みなんだからさ、いろんなとこ行こうよ。あ、そうだ、小学校行こう」

「小学校？」

「休みだから誰もいないよ。こっそり忍び込んでさ……きっと楽しい」

ね？　と首を傾げた。

「そうだな」

すると桃香は、ぱっと顔をほころばせ、こう言った。

「じゃあ、また明日」

小さい頃、いつも約束していたときと何も変わらないふうに。

だからぼくも、自然とあの頃の感覚になって、こう返す。

「ああ、また明日」

と。

4

桃香とは、物心つく前からの幼なじみだった。

親の公園デビューからの付き合いで、家も近かったから当たり前のように行き来していた。

小学校に入るとお互いのキャラがだんだんはっきりしてきて、ぼくは習い事をたくさんしていたことから、ピアノや勉強ができる優等生ポジション。桃香はみんなに好かれる人気者のポジションになった。

いつも女子の輪の中心にいて、みんなを笑わせたりしていた。

今でもはっきり思い出せる。桃香が輪に加わったとたん、場がぱっと明るくなった瞬間の印象を。

そのまま二年生、三年生となっていき、クラスも離れた。

キャラも違うし男女だし。普通なら距離ができていく時期だったけど、ぼくたちはそうはならなかった。

当時ぼくは母にたくさんの習い事をさせされ、放課後は友達ともほとんど遊べなかった。

塾やピアノ教室で疲れた帰り道に――いつも桃香がいた。

帰りに通る商店街の書店の前で待っていて、ぼくをみつけると、ぱっと光を散らす笑みを浮かべた。

コンビニでお菓子を買って一緒に食べた。母に禁止されていたゲームをこっそりやらせてくれた。背伸びしてサイゼリヤに入ったこともある（どきどきした）。あの頃は、一緒に歩いてるだけで楽しかった。

『明くんはすごいなぁ』

桃香はことあるごとにそう言って、ぼくに尊敬のまなざしを向けてきた。当時のぼくはガキだったから、素直にいい気分になっていた。

でも、今ならこう思う。

みんなに好かれて、その場の空気を変えられる桃香の方がずっとすごくて、特別だったのだと。

それはともかく、ぼくにとって桃香といる時間は一日の楽しみで、いま振り返っても「子供の頃の一番幸せだった時期」だった。それは桃香とともにあった。

でもそれは……小学四年の夏休みに終わりを告げる。

『ねえ、明くん』

その日、いつものように合流した桃香が、こう言ってきた。

『明日、河川敷に行かない？』

ほとんど行ったことのない場所だ。ぼくはどうしてと聞いた。

『……なんとなく』

目を逸《そ》らす桃香の空気が、いつもと違うことに気づいた。

『話したいことがあるんだ』

なんの話だろうと思ったけど、聞けない雰囲気だと子供でも感じた。

その帰り道、桃香が小さな声でつぶやいた。

『私ね、明くんといたいんだ。中学生になっても、高校生になっても、ずっと、ずうっと一緒にいられたらいいなって……そう思うんだ』

それが、ぼくの覚えている桃香の最後の言葉――。

あの日、桃香はぼくに何を話そうとしたんだろう。

5

「退院おめでとう、お兄ちゃん！」

ドアを開けたとたん、クラッカーがぱんと鳴った。

玄関に立つ妹の柚が、驚いたぼくに嬉しそうな顔を向けている。

「びっくりした？」

「……ああ」

ぼくは、ほっと力を抜き、

「柚もこういうことするんだな」

「あっ……」

柚は素に戻った感じで、

「……そうだね、はしゃいじゃった」

顔を赤くして、うつむく。

柚はぼくより一つ下で、完璧超人だ。

セミショートの黒髪と眼鏡で地味にしているけど目を引く美人で、頭がよくて、家事万能で、性格もいい。血はつながってないけど、自慢の妹だ。

「ただいま」

言って、ぼくは足元に落ちたクラッカーの紙紐を拾おうとする。と、柚があわてて下りてきて、

「私がやるよ！　ごめん！」

「いいって。柚、靴下だろ」

ぼくが止めるのも聞かず、柚は「ごめんね」と言いながら手早く拾っていく。ぼくは軽く頭を掻《か》く。

「夕飯の支度できてるよ。今日は退院祝いだから、お兄ちゃんの好きなの全部作った」

「ほんとか」

「うん。ほら、はやくはやく」

テーブルにはたしかにぼくの好きなものが全部あって、お誕生日会でもこうはいかないという勢いだった。

もちろん味も最高で、ぼくは上機嫌そうな柚に見守られつつ、病院食から解放された喜びを文字どおりに噛《か》みしめた。

「ほんとによかった」

柚が、ぼくをみつめながらしみじみ言う。

「心配かけたな」

事故に遭ってから、ぼくは三日も意識を失っていたという。目が覚めたとき、泣いて手を握ってくる柚がすっかり疲れきっていて、そっちの方が心配になったことをよく覚えている。

「見舞い来てくれてありがとな」

「ううん」

「でも、毎日じゃなくてよかったのに」

「他にやることないから」

「受験生だろ」

ぼくがツッコむと、あっとなって、しおらしく目を伏せる。柚のリアクションはいちいち真面目だ。

まあ、とは言いつつ柚の成績を考えればどこの高校だって余裕に見える。

そのときぼくは、ふと気づく。

「柚、どこか遊びに行ったか？」

夏休みに入り、もうすぐお盆。でも柚がどこかに行っていた記憶がない。

案の定、柚はううん、と首を振った。

これだ。柚はいろいろ完璧で誘いもあるようなのに、いつも家にいる。生真面目なところも含め、兄としては少々心配だった。

ただ今回は、柚ばかりを責められない。

「悪い、ぼくのせいだ」

「そんなことないよっ」

柚が顔を上げる。

「お見舞い、楽しかったし」

「え？」

柚ははっと口を押さえて、気まずそうにうつむく。

「もちろん元気になってからだけど……楽しかったよ？」

「なんで？」

毎日ぼくの病室に来て何時間も二人だけで過ごすことの、何が楽しかったんだろう。

「…………」

柚は答えない。心なしか、顔が赤い。

——ああそうか。

病院に通うっていうのが珍しかったからかな。なるほど。

我ながら冴《さ》えている。

「まだ休みもあるし、今からでも遊びに行けよ。友達とさ」

柚は鈍い反応で間を置いて、

「でもみんな、勉強忙しいから」

「あ……だよな」

なに言ってんだ。中三の夏だ。

ぼくはイスにもたれかかり、ため息をつく。なんとか妹に夏らしいことをさせられないか。

そのとき、掲示板にあった告知のポスターを思い出す。

「明後日、花火大会があるぞ」

「ああ、そういえばそんな時期だね」

柚はほとんど食いつかない。興味がないらしい。

「一緒に行こうと思ったけど、あんま興味ないなら――」

「行く」

食い気味に言ってきた。

「あ……そうか？　じゃあ行こう」

「うん」

柚がとてもうれしそうにほころぶ。

興味がないように見せて、本当は行きたかったんだな。

まったく、素直じゃないな。

部屋で、アルバムを広げていた。

小さい頃の桃香がいる。

二人でビニールプールで泳いでいる。別のことに気を取られているぼくのまぬけ面とは対照的に、しっかりカメラ目線だ。

小学校の入学式。校門前に並んでいる。すましたぼくの隣で、桃香は自然な笑顔。

ぼくのアップ。ピントがずれていて、顎《あご》から下が切れている。桃香が悪ふざけして撮った写真だ。

「………」

ぼくが微かに笑ったとき、ノックの音がした。

『お兄ちゃん、お風呂沸《わ》いたよ』

「ああ、ありがとう」

『……どうかした？』

え？　と思ったとき、柚がドアを開けた。

ぼくはアルバムを閉じる。

「どうもしないよ」

そうなにげなく答えたのだけど、柚はぼくを見るなり表情を曇らせた。

「大丈夫？　具合悪いんじゃない……？」

そばに寄って、屈《かが》んでくる。

「な、なんだよ？」

ぼくは戸惑って、半笑いを浮かべた。

「なんともないけど」

「ほんとに？」

「なんかおかしいか？」

柚がじっとぼくをみつめて、

「顔、おかしかったよ。どこか痛むのかなって、そんな感じだった」

「…………」

ぼくはそんな顔をしていたのか。

「なんでもないなら、いいんだ」

柚が腰を上げる。

「お風呂、病院じゃちゃんと入れなかったでしょ？　ゆっくりしてね」

そう言って、背を向けた。

ぼくはああ、と応え、アルバムをしまおうとする。

「……なあ、柚」

振り向く気配。

「たとえばの話、なんだけどさ」

「うん」

「初恋の人が、幽霊になったんだよ」

「え……？」

「いや、そういう話がさ、あって。テレビで」

どうしてこんな話をしてるんだろう。わからないけど、気がつくと溢《あふ》れていた。

「男が、初恋の子の幽霊と再会するんだよ。二人とも嬉しいんだけど、でも──その子はさ、自分が幽霊だって、わかってない。死んだこと、認めてないんだ」

「それで？」

「それで………柚はどうなったと思う？」

柚は天井の円い照明をぼんやりと仰いで──

「……男の人が、ほんとのことを伝えたんじゃないかな」

と言った。

「『お前は幽霊なんだ』って？」

「うん」

ふいに、自分の心臓の音が聞こえた。

「やっぱり好きな人だからこそ、ちゃんと成仏《じょうぶつ》させてあげなきゃって……男の人は思うんじゃないかな」

動悸《どうき》がやけに速くなっている。どうしてだろう。なんで苦しい。

「お兄ちゃん？」

「………そんな簡単に割り切れるかな」

自分の言葉が、どこか別の所から響いている錯覚がした。

「そいつはさ、その子と会えたことがすごく嬉しいんだ。もう二度と会えないと思ってたのに、また話ができたんだ。当たり前みたいに、昔のこととか、今までのこととか笑い合って、明日もまた会おうねって約束して……そうできることがたまらなく嬉しいんだよ」

止まらない。

「その子も同じように嬉しそうなら、どうにもならないことをわざわざ言う必要なんかないって、そんなふうに——そういうのもアリかなって……」

「お兄ちゃん……？」

柚の声で、我に返った。

「い、いやっ……そんなふうにさ、悩んでる内容だったたんだよ。熱いだろ」

ぼくはどうにか話をうやむやにした。

6

あの公園で待ち合わせをした。

今日は特に暑くて、空には絵に描いたような立派な入道雲がある。

陽差しが白く照りつける公園には誰もいない。真夏の公園は町の中にぽっかりとある空白で、どこか非現実な佇まいがあった。

「わっ！」

後ろからの声に、ぼくはびくりとなる。

振り向くと、桃香が楽しそうに笑いながら。

「びっくりした？」

ぼくはまあ、と応え、

「じゃあ行くか」

と歩きだす。

「クールだなぁ」

桃香が欧米っぽく肩をすくめて、ついてきた。

「待った？」

「少し」

「だめだよ、こういうときは『いま来たとこだよ』って言わなきゃ」

おどける桃香に、ぼくは苦笑いで応える。いつもそうだったように。

塾の帰り、習い事の帰り、ずっとこうだったっていう感覚を、ぼくはすんなりと取り戻す。

「じゃあもう一回言うよ。——待った？」

「いま来たとこだよ」

「よろしい」

桃香が笑う。あの頃と何一つ変わらないあかるい女の子がいた。

郵便ポストの十字路を右に曲がると、家の並ぶ狭い道に入る。ここを通るのは小学校を卒業して以来だった。

「懐かしいね、この道」

「ああ」

二人で日陰になった道を歩く。よく見ていた家や表札が今でも変わっていない。

そこを抜けると緩い坂があり、下った先に田んぼが広がっていた。

「明くん、この川で友達と舟浮かべてたよね」

「ああ」

あぜ道沿いの、コンクリートで護岸された川。

小学三年のとき、厚紙とセロテープで舟を作り、この川に浮かべて「どこまで沈まず行けるか」という遊びにハマったことがある。鳥人間コンテストみたいなチャレンジだ。

「毎日やってたよね」

「すげえハマってたからな」

「結局、どこまで行けたの？」

「行けるとこまで行ったよ」

「えっ、どういうこと？」

「ずっと行った先にさ、鉄の柵《さく》があるんだよ。そこで行き止まり」

「あら」

桃香が川の行く先を見る。

「どのくらい先？」

「うーん……一キロぐらい、なのかな」

「けっこう行ったね」

ぼくも、川の先を見る。あのへんだったかな、とか思いながら。熱中していた当時の気分が記憶に残っている。

「すげー楽しかったなぁ」

つぶやいたぼくに、桃香が振り向いてくる。

「男子って感じだね」

目を細めた。

「どういう意味だよ」

「さあ？」

逃げるように前に出て、くるりと振り向いてくる。

光が散る。

「あ、見えてきたよ」

小学校の白い校舎と、グラウンドの山みたいなすべり台や、タイヤの遊具。

「変わってないね」

「ああ」

桃香と会話しながら歩いている。夏休みに気が向いて、二人で懐かしい小学校を訪れている。

こうしていてなんの違和感もない。

これでいいんじゃないかと、思った。

「わー、机ちっちゃーい！」

桃香が歓声を上げる。

小学一年の教室に並ぶ机は、たしかに驚くほど小さかった。

「よくこんなのに座れてたな」

ぼくは机に貼られた名前のシールを見る。そうだ、こういうのもあった。

教室は白いカーテン越しの光でぼんやり満ちていて、こもった木材の匂いがした。

「オルガンが電子オルガンになってる！」

桃香がはしゃいで動き回っている。

「ほんとだ」

「科学の進歩だね！」

「進歩って」

「人類はすごいね！」

「ああすごいすごい」

「もう」

桃香はいたく不満げにしたあと、しみじみとした表情になる。

「でもさ……他は変わってないね」

「ああ」

白いカーテンも、細長い掃除道具入れも、給食の献立表も、黒板消しクリーナーも。

「ねえ明くん、見て」

桃香が黒板の日直の所を指さす。

「私たち、よくペアになったよね」

「うん」

須玉《すだま》と芹沢。「す」と「せ」で音が近く、出席番号が重なりやすかった。

「名前書いちゃおうよ」

「え？」

「今日は私たちが日直。ほら、書いて書いて」

桃香に急かされ、ぼくはやれやれとチョークを手にし、名前を書いた。

直　芹沢
日　須玉

並べた名前を見ると、意外にも感慨が湧《わ》いた。

「はーい、今日の日直は、須玉くんと芹沢さんです」

桃香がオルガンの前に立って、先生みたいに宣言した。

「起立！　礼！」

　元気に言う桃香を、ぼくは横で見ている。

「着席させろよ」

「着席！」

　それきり、しんとなった。

「あと日直の仕事といえば……黒板消し！」

「名前しか消すとこないな」

「あと、日誌を書く！」

「ないよ」

　桃香はうむと唸《うな》って、ふいに力を抜いた。

「じゃあ……ぼーっとしよう」

「ぼーっと？」

「うん、窓際でさ」

　そこまで行き、カーテンのすき間を覗《のぞ》く。振り向いてきた。

「ブナの木がきれいだよ」

　ぼくは桃香の隣に行って、カーテンを窓一つ分開ける。セミの声とバイパスからの車の音が届いてきた。

中庭を眺める。

強い陽差しに白く浮かんだ中庭と、陰になった教室が、くっきりとした対比になっている。ブナは色濃い緑で、夏の生命力に満ちている。そういうものを二人で見ていた。

ぼくはなぜか、涙が出そうになる。

「……いいよな、こうしてるのも」

「うん、いい」

「………ダメじゃ、ないよな」

桃香が、ん？　というふうに振り向いてくる。

「なんでもないよ」

これでいいじゃないか。

このままでいいじゃないか――。

「そうだっ、明くん、オルガン弾いてよ」

桃香が言う。

「休み時間、よくそこのオルガン弾いてくれたよね。みんなもすごいすごいって言ってた」

ぼくの心が、日陰のようになっていく。

「……そうだったかな」

「そうだよ。私、好きだったなぁ。明くんも『将来はピアニストになる』って言ってたじゃない」

それは、自分の気持ちで言ったんじゃないよ。

あの人の望むことを、そのまま口にしてただけなんだ。

「どうしたの？」

「なんでも」

「ね、弾いてよ。久しぶりに」

桃香がせがんでくる。

「……わかった」

「やった」

ぼくはオルガンのイスに座り、電源を入れた。

親指、人差し指、中指と鍵盤を押して音を確かめる。電子オルガンはアナログのふかふかした音じゃなく、つるりとしたプラスチックのようだった。

――もう、簡単なやつしか弾けないかな。

そう思って初級の曲にする。『人形の夢と目覚め』の第二楽章。

弾き始めてすぐ、苦痛になった。

ひどい。

四年のブランクを差し置いても、無駄に肥えた耳が自分の音を許してくれない。なんの魅力も感じられない音。下手だ。激しい自己嫌悪と苛立ちと、あの人の冷たい言葉とまなざしを思い出しながら……どうにか完走した。

「すごい！　すごいよ！」

桃香が目を輝かせて言ってくる。

その無邪気な賞賛は、ぼくにとっては心をえぐるものだった。

自分でひどいとわかっているものを褒められるみじめさ。

「惜しいなぁ。六年生のときやめちゃったんだよね？　続けてたらプロになれてたかもしれないのに！」

苛立ち。

「……それはないよ。才能ないって言われたし」

「そんなことないよ、明くんはすごいもん」

あの頃と同じことを、同じまなざしで言ってくる。

「頭いいし、たくさん習い事して、なんでもできて——」

「そうじゃない！」

大声で遮った。

「そうじゃないんだ。ぼくはなんでもできたりなんかしない。いろんなことをやらされたけど、どれもモノにならなかった」

桃香は、きょとんとしながら聞いている。

「だって当たり前だ。どれも自分でやりたくて始めたことじゃないんだから。あの人――母親に無理やりやらされてたことだったから」

あの人の姿が浮かぶ。顔のあたりがぼやけていてよくわからない。

「うまくいかないぼくを見限って、あの人は出ていった。たぶん、自分の理想どおりいかないことに耐えられなかったんだと思う」

ぼくは薄い笑いを桃香に向ける。

「……ぼくはさ、すごくなんかないんだよ。なんの取り柄《とりえ》もないし、やりたいこともない平凡な、いや、下手したらそれ以下の人間なんだ」

ふいに、まわりの広さを感じた。

いつのまにか沈んだ暗さに覆われた教室で、桃香がじっとうつむいている。

「……そんなことない」

泣きそうな声だった。

ぼくははっと冷静になる。

「あ、いや、いいんだよ、普通でさ。ぼくは別に――」

「そんなことないもんっ！」

ぼくをまっすぐに捉えてきた瞳が、潤《うる》んで揺れていた。

「明くんはすごいもん！　おばさんがどう思ったって関係ないよ！　おばさんはバカだよ！　だって――だって明くんはこれからじゃない！　まだまだ続くの！　これから大人になってくの‼　私と違って未来が――」

桃香が硬直した。

遅れて、ぼくも桃香が何を言ってしまったのかを理解する。

遠雷が聞こえた。

見ると、空が暗い雲に分厚く覆われていた。

夕立がくる。

「……なに言ってんだろ。……違う。ちがうよ？」

桃香が引きつった笑みで言葉を続けようとしたとき――バイパスから長いクラクションが鳴り響いてきた。

瞬間、桃香が押し潰《つぶ》されたように身を縮める。

頭を抱え、がくがくと震えだす。

「……い……や……私……轢《ひ》かれ……」

「桃香、落ち着け！」

「いやあッ！」

近づくぼくを振り払う。

その腕が、ぼくの体を――すり抜けた。

そこからの桃香の表情の変化が、焼けた熱でぼくの心に刻まれていく。

砕け散った表情。大切なガラス細工をうっかり落として壊してしまった表情。――

絶望。少し笑おうとして――できなくて、ぐしゃり、と潰れる。

絶望。

そして。

桃香が、はじめからいなかったみたいに、消えていた。

濁流に似た雨音が、麻痺《まひ》したぼくの心そのもののようにノイズを鳴らしていた。


「おかえり、お兄――」

リビングから出てきた柚が、言葉を止める。

「ま、待ってて！　タオル取ってくるから！」

あわただしく引き返していき、バスタオルを持って玄関先まで駆けてきた。

ぼくの顔に、タオルがかぶせられる。

「大丈夫？　急に降ってきたもんね」

かいがいしく水気をぬぐってくれる感触や柚の言葉を、膜を隔てたような曖昧《あいまい》さで感じていた。

「…………女の子がさ」

ぼくのつぶやきに、柚が、え？　と返す。

「自分が幽霊だって……気づいたんだ」

柚は戸惑って手を止めたけど、ほどなく、

「……昨日の、話？」

「……ああ」

足元の石床で、ぼくから落ちる水滴が黒い模様を描く。穿《うが》たれた跡のように。

音もなく、黒い模様が増えていく。

「後悔……したんだ、男は」

「気づいた女の子の顔があんまりにも悲しくて、胸が張り裂けそうだったから……自分がちゃんと言ってれば、あんな顔させずにすんだかもしれないって……後悔、したんだ」

こみ上がる嗚咽《おえつ》の塊を、喉で押し潰す。

けれど、潰しきれない欠片が零《こぼ》れた。

柚がぼくの背中を撫でる。

「……何があったの？」

「テレビの……テレビの話、だよ……」

柚はほんの少しの間を置いて。

「そっか」

それ以上は何も聞かずに、ぼくの体を拭いてくれた。

今のぼくには、後悔と悲しみで泣き叫ばないようにするのが精いっぱいだった。

7

下で、玄関のドアを閉める音がした。

柚が友達に誘われて、花火大会に行ったのだ。

ぼくはベッドに寝転がりながら、ぼんやり天井を仰いでいる。

あれからの二日間、体のだるさで寝転がりながら、桃香のことばかり考えていた。

あの日、桃香と小学校を訪れたとき、懐かしさとともにもう一つ、強く感じさせられることがあった。

ここはもう、自分の居場所じゃないんだってこと。

学校に通っていたときは、そこにいるのが自然で馴染んだ感覚だったけど、卒業したあとで入ってみると、何も変わっていないその場所が、どこか落ち着かない。

空間全体から「ここはもうお前のいる場所じゃない」って告げられている感じがした。

桃香はずっと、そうなんじゃないだろうか。

幽霊としてこの世に留まり続けるっていうのは、この世界のどこにいても、あの感覚を受け続けるってことなんじゃないだろうか。

だとしたら、そのままでいい――なんてはずがない。

「………」

寝転がっていることが逆にしんどくなって、起き上がる。

部屋を出て、一階に下りた。

リビングには夕闇がほのかに積もり始めている。

使わなくなったアップライトピアノが、壁ぎわの空間を鈍重に占めていた。面倒で処分もされなかったピアノは、今は半ば物置棚になっている。

ぼくはなんとなく歩み寄って、木の蓋を開けた。

鍵盤を覆う天鵞絨《ビロード》のシートをのけて、指を「ド」にのせる。指先にハンマーの動く感触が微かに伝わり、音が鳴った。

ずっと調律していないから、音がものすごくずれていた。あまりのずれっぷりに、苦笑いがこみ上げる。

そのまま右手だけで、一昨日と同じ曲のメロディーをさわりだけ弾く。

残響のうわんうわんとした唸《うな》りが、夕暮れのリビングにゆっくりと染みた。

「ぱちぱちぱち」

横から、口で言う拍手の声。

振り向くと――麦わら帽と白いワンピースの女の子がいる。

桃香のまなざしは朝の湖のような、夜を越えたあとの静けさと穏やかさをたたえている。

ぼくは、桃香がすべてを自分で片付け終えていることを悟った。

「……桃香」

「うん」

「ごめんな」

桃香が煙《けぶ》るような笑みを浮かべる。

「目をそらしてたのは、私だもん」

差し込む夕日が、部屋の埃《ほこり》を浮かばせている。

「桃香と久しぶりに会えて……すげえ楽しくてさ」

言いながら、ぼくは無性に泣きたくなった。

「このままでいいんじゃないかって、思っちゃってさ」

なぜなら、今ここに漂っているのはまぎれもなく……別れの気配だったから。

それが動かしがたく、決定してしまったものだから。

「私もだよ」

桃香が言う。

「ほんとはわかってたことだけど、明くんが私をみつけてくれて、また普通に話せるようになって一瞬――『もしかしたら私、生きてるかも！』なんて、すがろうとしたけど……でも、ね」

その声は、ぼくと違って澄んでいた。全部とっくに受け容れ終えた、水と空気のようなものだった。

「ものすごく久しぶりに、私の部屋に入ったの。……きれいに片付いてた」

ぼくはどんな顔をしたらいいのかわからない。

「机に写真が置いてあったの。憶えてる？　パパが釣りに連れてってくれたときの」

「ああ。おじさんに連れてってもらったな。びっくりするほどきれいな水色の泉があって」

「焼いた魚がすごくおいしくてね」

「あれはうまかった」

あの泉の水色が、鮮やかに記憶に残っている。

「そのときの写真があった。あとね、入学式と、誕生日会と、海。明くんと写ってる写真があった」

……でもさ。

「このままいても、もう新しい写真、撮れないもんね。……明くんの隣、写れないもんね……」

そう言った桃香の姿が、にじんで見えなくなった。

水に沈んでしまったのかと思うくらい、ぼくの目から涙の塊が溢れた。

息もつらくて、本当に溺れてるみたいだ。

「ねえ明くん」

桃香の声が、かなしいくらいにやさしい。

「私、思い出したの。どうして私はここに留まってるのか。何がしたかったのか」

「……何がしたかったんだ？」

尋ねる。

「言ってくれ。もしぼくにできることがあったら、なんでもするから……」

桃香はうん、とつぶやくように応えて――

「今日、花火大会なんだよね」

話を移すように、暮れる窓の外を見る。

「久しぶりに行こうよ。最後はさ、そういう賑やかなところでぱーっとさ」

笑おうよ。

8

河川敷は、大勢の人で賑わっていた。

緑の傾斜にはシートを敷いた人たちがたくさん座っていて、岸にずらりと並ぶカラフルな露店の前を人波がゆっくりと行き交っている。

ぼくたちはそれを、少し離れた場所から眺めていた。

まわりに人もいなくて、スピーカーのＢＧＭがぼんやりとしか届かない、そんな場所だ。

「ここでいいの？」

桃香が聞いてくる。

「ああ」

混雑している所だと、桃香が人と接触してしまう。それに、話しかけることもできない。

「明くんはやさしいね」

察した桃香がつぶやく。

ぼくは照れて、何も聞かなかったふりをした。

まわりが暗い青に沈んできて、露店の灯《あか》りが情緒を持って浮かびあがる。
人たちの楽しげなざわめきが、夜の空気の伝わり方になってくる。
夏の夜。祭の夜――。
わくわくと胸の弾む雰囲気が肌にふれてきた。
最初の花火が上がる。
ぱっと開く。
夜空を震わせる音と、人たちの歓声。
ぼくたちのところまで、穏やかに届いてきた。
それから、いろんな花火が立て続けに咲いていく。
「きれいだな、桃香」
「うん」
火色、緑、鮮紅、青。円に広がり、枝垂《しだ》れて、きらきらと瞬く。
……ねえ明くん。
桃香があたたかな声で囁《ささや》いてくる。
この世界はきれいだね。
そこに生きてるって、ほんとうに素敵なことなんだね。

花火を見上げてるときぼんやり感じる、まわりとの一体感とか。
お盆あたりの、夏休みが終わるあせりと学校の懐かしさが混じった感じとか。
クーラーの効いた部屋が気持ちよくて、
一〇〇円のアイスクリームがおいしくて、
映画みたいな入道雲見て、得した気持ちになったりしてね。
ちょっとしたことで、毎日がきらきらしてる。
私にはもうなくなっちゃったから、そういうものの輝きとか大切さが、ほんとうによくわかるんだよ……。

最後の花火が、眩《まぶ》しいくらいに夜空を埋めつくした。

『第十五回、上枝《ほつえ》花火大会は終了いたしました』

アナウンスが流れると、みんながざわざわとしながら帰り支度を始める。土手の上で立ち見をしていた人たちが、警備員に誘導されながらじわじわ順路を歩く。
「……終わったね」
「……ああ」

ぼくの胸が窮屈になる。

いったん帰り始めると、じわじわと見えても急速に人の集まりが解《ほど》け、まばらになっていく。終わっていく。

それはまるで、ぼくの心の風景そのものだった。

「明くん」

桃香の声に、ぼくはつい身構える。

「さっき、できることはするって言ってくれたよね。……それ、いいかな？」

「……なんだ？」

聞き返すと、桃香はそっと土手の下を指さす。

野球場のさらに奥の、なだらかな岸辺。

そこは――あの日、桃香と待ち合わせをした場所だった。

「あの日の約束」

桃香が言う。

「私、明くんに伝えたいことがあったんだ」

その言葉のあとに、なんとなくの余韻が生まれて、ぼくたちはみつめあう。

言葉になる前の、その前くらいのところで意識が通じ合う。

「おねーちゃん！」

ふいの声に振り向くと、浴衣姿の聡美ちゃんが駆けてきていた。

「お姉ちゃんも来てたんだ」

「うん」

桃香は少し空気を引きずりながらも、すぐに「桃香お姉ちゃん」の顔になる。

「浴衣かわいいね」

聡美ちゃんが、えへへ、とはにかむ。

「聡美っ」

おばさんが急ぎ足でやってくる。捜していたらしい。

「ああ明くん、こんばんは」

「こんばんは」

そのとき、おばさんの視線がぼくの隣に移り「あら」という表情になる。

「こんばんは」

おばさんがもう一度言った。見ている先は、ぼくでも、聡美ちゃんでもない。

桃香。

桃香が、こわばっている。

ぼくも起こっていることがまだ処理できずにいる。

そんなぼくに、おばさんが目を向けてきた。

浮かんでいるニュアンスを言葉にするなら「へえ、彼女できたんだ」と、ひやかしつつ年月の感慨に浸るような、近所のおばさんのそれだった。

まさか——。

「ママ、お姉ちゃんムシするのやめてくれたんだね！」

聡美ちゃんが嬉しそうに言う。

「無視？」

おばさんが、あっ、となる。

「あなたが聡美の言ってたお姉さんなんですか⁉」

急に大声を出す。

「あ——ごめんなさい……」

我に返ったふうに口許を押さえる。

桃香をみつめるまなざしには、救いをみつけたような、ほっとした色が広がっていた。友達ができない娘の空想ではなかったのだと。

「どうも、娘がお世話になっています」

おばさんが愛想よくお辞儀する。

桃香は立ち尽くし……唇を結んでいた。

そこからたくさんの言葉が溢れてしまいそうなのを、懸命にこらえていた。

ぼくはたまらなくなって、

「……あ、あの、おばさん！　実は――」

「はい、初めましてっ」

桃香が笑顔で言った。

「私の方こそ、聡美ちゃんとはいつも楽しく……」

そこで言葉が詰まってしまい、桃香は笑みを深くしてごまかす。

「これからも聡美のこと、よろしくお願いしますね」

おばさんと聡美ちゃんから疑いのない笑顔を向けられ、桃香が静かにうつむいた。

「……実は、遠くに引っ越すんです。この町から、いなくなります」

聡美ちゃんが目を見開く。

「やだ――やだ！」

「ごめんね。お姉ちゃんもう、行かなきゃいけないんだ」

聡美ちゃんが駆け寄ってくる。

「お姉ちゃんがいないと、聡美ひとりになっちゃうよお！」

つぶらな目から涙が落ちて、顔がぐしゃぐしゃになっている。

桃香がしゃがみ、目線を合わせた。

「ねえ聡美ちゃん」

友達がいない妹に、やさしく語りかける。

「お姉ちゃんが、魔法の言葉を教えてあげる」

「……まほうのことば？」

「そう。お友達が怖くなくなる魔法の言葉。失敗しちゃっても大丈夫になる魔法の言葉。それはね……」

聡美ちゃんが真剣に聞いている。

「『ごめんなさい』、だよ」

「……ごめんなさい？」

「うん。ちゃんとね、ちゃんと言うの。それができたら友達は友達のままなの。ケンカしちゃっても、違うくなったりしないの。だからね」

桃香は、妹の頭を撫でようとしかけ……やめる。ふれられないことを一瞬忘れていたふうに。

「……怖がらなくていいんだよ。あそぼって、言えばいいんだよ」

ぼくはふいに、鼻の奥がつんとなった。

「聡美ちゃんは言えるよね、ごめんなさいって。お姉ちゃん、何回も聞いたもんね？」

「……いえる」

「じゃあ大丈夫だ」

ぱっとほころぶ。勇気づけるように。お日様みたいに。

「ね、新学期が始まったら、友達作って。お姉ちゃんと約束して？」

桃香のひたむきな思いやりが、子供の純粋な心に響いたのがわかった。

聡美ちゃんが、ゆっくりと……うなずいた。

「よし」

桃香が白い歯を見せた。

おばさんが感極まった表情をして、

「本当にありがとうございました」

桃香に向かって、また丁寧に頭を下げる。

「いえ。お母さんも、聡美ちゃんのこと、これからも可愛がってあげてくださいね」

「ええ」

微笑ましく言葉を交わしている。

桃香の、お母さん、と言ったときの声の震えに気づかれないまま。

「じゃあ、お姉ちゃんにバイバイしようね」

おばさんが、聡美ちゃんの肩に手を置く。

聡美ちゃんはじっと桃香を仰いで、こう尋ねた。

「……お姉ちゃん、また会える？」

桃香はただ、やさしく微笑んだ。

「ばいばい、聡美ちゃん」

「……ばいばい」

また泣きそうな聡美ちゃんの手を、おばさんがそっと引く。

「お気をつけて」

「はい」

母娘《おやこ》の、最後の言葉だった。

聡美ちゃんとおばさんのうしろすがたが遠ざかっていく。

祭の終わった空気。短い間で河川敷からは驚くほど人が捌《は》け、露店もたたまれつつある。

その静けさに、桃香の嗚咽がそっと響いた。

「ううん、違うの」

濡れた瞳を、ぼくに向けてくる。

「嬉しいんだよ？　だって、最後にお母さんと話せたんだもん」

ふれれば壊れてしまいそうな、泣き笑いを浮かべた。

「私、幽霊としては最高に恵まれてるよね……？」

ぼくはあえて、そこにふれる。この世でぼくにしかふれられない、桃香のけなげさだったから。

「……がんばったな、桃香」

とたん、桃香の顔がくしゃりとなった。

両手で覆って、かなしい声を、岩の隙間から流れる水のようにこぼす。

「行こう」

ぼくにしてやれることは、もう、たった一つだった。

「あの日の続き、するんだろ」

とてもかなしいことだったけど、ぼくだって、がんばらないとな。

9

星が、とても綺麗に瞬《またた》いていた。

「明くんは、そこに立っていたの？」

「ああ。ここでぼーっと待ってたな。『話ってなんだろう？』って思いながら」

「鈍感だなぁ」

「わかんないよ、そんなの」

ぼくは小学生当時の自分をかばう。

桃香が腰の後ろで手を組み、夜空を見上げる。天を仰ぐそのしぐさに、ぼくの胸がずきりと疼《うず》く。

「パパの転勤でね、引っ越すって聞いたんだ」

初耳だ。

「かもしれないって話で、結局なかったみたいだけど。……それで私は、すごくあせっちゃったの」

夜空を映す瞳がまるで、星の光をゆっくりと溜《た》めているよう。

「だからね」

桃香はそこまでしか言わなかったけれど、それで充分だった。今のぼくは、小学生じゃない。

「……じゃあ、あの日の続き」

「ああ」

「今からここは、六年前のあのときだよ」

「え？」

「はい。スタート」

言った桃香が、ふっと表情を変える。

「ごめんね明くん――待たせちゃって」

たったいま駆けつけたという、そぶり。

ああ――なるほど。

ならぼくも、あのときの自分に戻ろう。

「……なんだよ、話って？」

「うん」

桃香が曖昧に目を伏せる。そこに、一〇歳の桃香が重なって見えた。

「………あのね」

夜の河が流れている。緩やかに続く音がまるで、風が吹いているように錯覚させる。

「私ね、明くんのことがさ、ずっと前から……」

ぼくは息を詰まらせ、瞬《まばた》きもしないで桃香の顔を、声を、終わりゆく一瞬を捉え続けている。

「……好きなの」

心に、焼きつけた。

さあ、ぼくの番だ。

「……ぼくも」

桃香がみつめてくる。さっきぼくは、こんな目をしていたんだろう。

「ぼくも桃香ちゃんのこと……好きだよ」

終わった。

その一瞬はあっという間に過ぎ、過去の色を帯びていく。

「……あはは」

桃香が照れたふうに苦笑いする。

「なんか思ってたよりあっけないね。もっと胸のへんとか、ぎゅってなると思ってた」

「それは――わかってたから」

「え？」

「お互いに、もうさ」

桃香が息を止めたふうに静かになり、じんわりとまなざしを深くした。

「……今、ぎゅってなったよ」

桃香の体から、かすかな輝きがにじんでくる。溜めていた星の光をゆっくりと洩《も》らしていくように。

「ありがとう」

満たされた表情《かお》で言ってくる。

「明くんが私をみつけてくれたから、話すことができたから、私は……」

言葉を探すように胸を膨らませ――

「救われたんだよ」

「そうか……」

ぼくの声は、震えて、よれよれだった。

「うん」

桃香の声は、何かをせき止めるように苦しげだった。

輝きが溢れてきて、その姿を白く霞《かす》ませていく。

「ねえ明くん」

「ん?」

「手……つないで」

　ぼくは手を伸ばす。迎える桃香の手は透きとおりながら輝いていて、まるで天使のようだった。

　掌《てのひら》を重ねる。

　もちろん、ふれあうことはできない。けれど、重ねた皮膚に光の温度を感じる気がした。

「明くんの手、大きいね。なんだろ……すごくつないでる感じ、するよ」

「ぼくもだ。手……つないでるな」

「うん……」

　うれしそうに微笑む。

「最後までつないでて」

「ああ」

　桃香の輪郭が、光にとけていく。

「明くん」

「ん？」

「私がいたことを、憶えていてね」

「ああ」

とけていく。

「明くん」

「……なんだ？」

「明くんは、これからだよ」

蛍のような灯《ひかり》が。

「生きて。私の分まで、いっしょうけんめいに生きて。そして……幸せになって」

「ああっ……ああ、桃香」

「……うんっ」

がんばって、明くん。

光を散らすあの微笑みを浮かべて。

桃香は音もなく、天に行った。

河が流れている。
水面に夜の光を浮かべ、静かにおくり届けているように。
ぼくは夜空を仰ぐ。
涙の雫で、星がとてもきらめいている。
だからぼくは、それほど苦労しないでおくる笑みを浮かべることができた。
「……………ありがとう、桃香」
こんなにも。こんなにもきれいな星。

雪降る場所

1

「……よし、終わった」

ぼくはつぶやいて、筆を筆洗につけた。

かき回す水音が放課後の美術室に行き渡る。

選択授業の課題を完成させ、ぼくは生乾きのパネルを奥の仕切られたスペースに運んでいく。

笛のように風が鳴り、窓がガタガタと揺れた。外を見ると空は凍《い》てついた薄い灰色で、景色が暗く沈黙している。

今にも雪が降り出しそうだったけど、このあたりでは年に一、二度しか降らない。もうじきクリスマスだからあちこち賑わっているけど、ホワイトクリスマスというものをぼくはまだ一度も経験したことがない。たぶん、今年もそうなるだろう。

奥のスペースに入ると、一枚のカンバスが目に入った。

それは、今や校内で知らない生徒はいない——「未完の作品」。

幅が二メートルほどもある大きなアクリル画で、クリスマスをモチーフとしたもの。

かといってツリーやサンタクロースといった露骨なシンボルが描かれてるわけじゃ

なく、画面には不思議な生き物や植物やなんだかわからないものが描かれているのだけど、赤と緑を基調にした配色などからなんとなくわかる。

単純じゃないけど、わかりやすい。すごい作品だと思う。

「………」

ぼくはパネルを持ったまま、立ち止まる。

絵の前に、ひとりの女生徒が佇《たたず》んでいた。

この作品の一番の特徴は、別人のものである二つのタッチが混在し、調和しているところ。

つまり、合作。

美術部の男女二人組によるシリーズ作だった。

その二人はこれまでの合作で様々なコンテストに入賞していて、集会で校長から賞状をもらう場面を何度も見たことがある。その方面では注目されつつあったらしい。

でも、つい先日――ペアの女生徒が、事故で他界してしまった。

だから、この最新作は未完のまま放置されていて……

それを今、死んだ女生徒の幽霊がじっとみつめているのだった。

ぼくには、幽霊が視《み》える。

そのとき、気づいた彼女——妙名《たえな》さんが振り向いてきた。

リボンでくくった左右の髪が動きに合わせて揺れる。実体だった頃の記憶か、もともとが霊体の性質なのか、このあたりの動きは生前と違わない。

目尻の上がった大きな瞳、小さな鼻と唇。全体的に『仔猫』という印象が浮かぶ。

「あ、須玉くんだ」

視えてるとは思っていないんだろう、妙名さんが独り言をいう。

ぼくと彼女には面識があった。中学三年の時のクラスメイトで、席も隣になったことがある。と言っても、それほど話したことはないんだけど。

「んー、どれどれぇ……」

妙名さんが、ぼくの持っているパネルを見てくる。

「…………」

ぼくは知らないふりをしてパネルを壁に立てかける。視えてることがバレて、変につきまとわれたらやっかいだ。

最近まで生きていた顔見知りの幽霊っていうのは、かなり恐ろしいような、けれど大丈夫なような、複雑な相手だった。

「だめだなあ」

妙名さんはため息混じりに評した。

「魂こもってない」

幽霊に言われると、すごく変な言葉だ。

ぼくはうっかり、ツボにはまってしまった。

「聞こえてるか須玉ぁー……って――あれ？」

妙名さんがふいにぼくの表情に注目した。

「……もしかして、聞こえてる？」

しまった、と思うぼくのそばに、妙名さんがとことこと寄ってきた。

「おーい、お～い」

ぼくの前に回り込んできて、手を振ったり顔を近づけたりしてくる。

「須玉くぅぅ～ん」

なぜかお色気っぽい声で呼んでくる。

ぼくは必死で無視してきびすを返し、歩いていこうとした。

「ん～～～」

妙名さんがいきなりキスしようとしてきて――

「うわっ⁉」

思わずのけぞった。

「やっぱり見えてるんだ！」

妙名さんがうれしそうに確かめてくる。ぼくは観念して、

「……まあな」

「すごーい！　須玉くんって霊能力者だったんだ‼」

「いや、そんなんじゃなくて、視えるだけ――」

「ねえ、だったら生き返らせて！」

聞いちゃいない。

「おねがぁ～い」

猫撫で声ですり寄ってくる。

「……できない」

「えーっ、ケチ！」

「いや、ケチとかじゃなくて、できないんだよ」

「なーんだ……」

妙名さんはあからさまにがっかりした。

それから再び椅子の方へ引き返していく。小さく「ちぇっ、使えないの」とつぶやいたのをぼくは聞き逃さなかった。

音もなく椅子に腰掛け、妙名さんはまた絵と向き合う。

　このまま立ち去ってもよかったのだけど、ぼくは少しだけお節介を焼くことにした。

「……その絵を完成させたい気持ちで、ここに残ってるのか？」

「うん。わかる？」

「……なんとなく」

　ぼくは夏の出来事を思い出す。幼なじみの霊を見送ったときのこと。果たせなかった心残りのために、ずっとこの世に留まってしまっていた。

「なんかこのまま、怨霊《おんりょう》になっちゃいそうな勢いだよ」

　軽い調子で言いながらも、その目はカンバスから離れない。

「新しい学校の七不思議『美術室に現れる美少女の霊！』みたいな」

　その小さな手が、台の上に伸びる。そこには筆が置いてあって、妙名さんは無意識にそれを取ろうとしているようだった。

　自分でも気づいて、たはは、と苦笑いする。

「……ぼくに何かできればいいんだけど」

　妙名さんが「おや」というふうに振り向いてきた。

「できることはあるか？　代わりになんか……片付けたいものがあるとか、さ」

「須玉くんってさ」

「ん？」

「いい人だったんだね」

「どういうことだよ」

「だって、変ってわけじゃないけどさ、自分出さないっていうか、何考えてるかよく
わかんない人だったもん」

そんな印象を持たれてたのか。

「そうだった？」

「うん」

なにげにショックだった。

「……それでさ、なんかあるか？　やってほしいこと」

「そうだねぇ」

妙名さんは、うーんと人差し指を唇に当て、

「ないねぇ」

と言った。

「これを厚士《あつし》と完成させたいっていう以外は」

再び未完の絵をみつめる。

ぼくも見た。

こればかりは、どうにもできない。

「ぼくが代わりに描くわけにもいかないし……」

そうつぶやいたとき――

「それだ！」

妙名さんがびしっと指さしてきた。

「わたしが須玉くんに取り憑《つ》いて、体を操ればいいのよ！」

「は？」

「やり方はなんとなくわかるから、平気！」

「マジか⁉」

「じゃあさっそく！」

「ちょ、ちょっと待て！」

ぼくは後ずさった。

「なに？」

「なにって、普通に怖いだろ……」

取り憑かれる、別のものが自分の中に入ってくるということに本能的な恐怖を感じた。

「大丈夫、初めてなら優しくするから」

「なに言ってんだ」

「先っぽだけ――」

「下ネタはやめろ‼」

そのとき――引き戸の開く音がした。

誰かがまっすぐこちらへ近づいてくる。

仕切りを越え、一人の男子が入ってきた。おとなしい風貌《ふうぼう》に繊細さとかたくなさをのぞかせた、いかにもな芸術家肌。

「厚士……」

妙名さんが彼を見てつぶやく。

彼は、妙名さんとともに絵を描いていた合作のパートナーだ。

ぼくに気づいて一瞬ためらうそぶりを見せたけど、かまわないといった歩調で入ってきて、絵の正面に立つ。

無表情に作品と向き合う彼の横顔を、妙名さんがつらそうにみつめている。

彼がふいに唇を噛んだ。

と、視線を巡らせ、その先にあったパレットナイフを手にする。

「厚士？」

妙名さんの声が聞こえるはずもなく、彼はナイフを固く握り、ゆっくりとカンバスに向かって構えた。

「厚士、なにする気……？」

いくぶん強張った妙名さんの問いかけ。彼の表情には殺気が宿っている。

――まさか。

ぼくが思ったとき、彼がナイフをカンバスめがけて振り下ろ――

「大森《おおもり》君！」

鋭い女声に、彼が硬直した。

仕切りの入口に、女生徒が立っている。

「長野《ながの》先輩……」

彼と妙名さんが同時に言う。

たぶん、美術部の先輩だろう。

「大森君」

長野先輩が厳しい表情で近づいてくる。彼は目をそらして黙っていた。

「どうしてこんなことするの？」

尋ねながら、彼女は厚士の手からナイフを取ろうとする。

が、寸前で彼が手を引いた。

「……どうして？」

彼女がもう一度聞く。

「……これがあると、つらくなるんです」

ようやくの彼の返事を聞くと、彼女はどこか悔しそうにため息をついた。

「ここに向かうのを見て、描く気になったんだなって思ったのに……」

「描けませんよ……妙名がいないと」

力無く言う。

二人のやりとりに妙名さんはかなしげな瞳をして、何も伝えられないもどかしさにきつく唇を結んでいる。

ぼくは少し離れたところに立ちながら、無言でいる。

「ねえ、大森君」

長野先輩の気配が、咎《とが》めるそれから慰めるそれへと変化した。

「妙名さんが亡くなってかなしいのはわかるけど――」

「……わかりませんよ」

彼の低い声が遮った。全身が強張り、床に視線をざくりと突き刺している。

「先輩には……俺と妙名のことはわかりませんよ。……なんか、自分の半分がなくなったような、そんな、そんな感じなんですよ……？」

「……厚士……」

妙名さんが震える声でつぶやく。でもそれはぼくの耳にだけ届くもので、場には重い沈黙が支配しているはずだ。

「……なら」

少しして、長野先輩が口を開く。

「なら、なおさらこの絵は大切にしなきゃいけないでしょう？　大森君一人のものじゃないんだから。妙名さんの最後の……形見なんだから」

「………」

彼は錆《さ》びた人形のような動作で再びカンバスに向き直る。

「どうしてだよ、妙名……」

ぽつりと言った。

「お前は、始めたら絶対最後までやるやつだったのに。お前が言い出した、あんなにやりたがってた俺たちの……クリスマスなのにさ……」

そこに妙名さんがいるかのように絵に話しかける。

でも妙名さんは絵の中じゃなく、幽霊として彼のすぐ隣にいて――

「ごめんね厚士……」

と、泣きそうな目で繰り返していた。

「急にいなくなって、俺にどうしろって言うんだよ？　妙名……」

口を閉ざし、厚士は絵を見つめる。

刹那《せつな》、くしゃりと顔を歪《ゆが》ませ、ナイフを高く掲げた。

「お前のことなんか忘れてやるんだからな‼」

叫び、腕を一気に振り下ろす。

「大森君‼」

長野先輩の声の余韻が響く中、刃は布にふれるかふれないかの位置で静止していた。

「……くそッ……」

腕がゆっくりと垂れ、大きく前屈みになる。

長野先輩がやりきれないといった表情で彼に詰め寄り、平手を振り上げた。

……でも結局、彼の頬は打たず、代わりにそっと、握るナイフを引き取った。

「厚士……」

妙名さんが厚士に寄り添い、丸まった背を抱きしめようとした——けれど、彼女の両腕はすぅっと背中をすり抜けた。

妙名さんが自分の両腕を見る。そして、とても悔しそうに歯を食いしばり、

「ばか！」

すかり。

握りこぶしが彼を素通りした。

それでも駄々っ子のように、妙名さんはよけいに激しく腕を振るい続ける。

「ばか‼　ばか‼」

すかり、すかり……。


「厚士とは、すごくちっちゃい頃からの仲なの」

妙名さんがふと口を開く。

美術室には、ぼくと彼女だけが残されていた。

夕方の五時。窓の外はもう、とっぷりと暗い。

「昔、同じマンションでね、ママによると公園デビューのときからの付き合いなの」

ぼくは尋ねる。

「幼なじみ、なのか？」

「そういう言い方すると、なんか恥ずかしいね。小学校のとき、私が一戸建てに引っ越したんだけど、学校は変わんなくて……」

答えながら、妙名さんは奥の方へと移動する。

「昔から好奇心が旺盛《おうせい》すぎるっていうか、気になったことは試さなきゃ収まんなくてね。たとえば学校の火災報知器の、ほら、あの『押す』って書いてあるプラスチックのカバー。あれを押したらどうなるんだろうって押して、そしたら学校中に警報が鳴って、大騒ぎになって、校長先生に怒られたりしてね。そういうことするたびわたしはなんとかかばおうと頑張ったものよ」

話しながら、妙名さんはさっきから手先で同じ動作を繰り返している。

「厚士がそんなだから、こう見えてもわたし、あいつに対してだけはけっこう姉貴分なとこがあったりして」

「……………」

ぼくは妙名さんの指先をじっとみつめている。

その親指と人差し指と中指は、台に置かれた筆を取ろうとしていた。

何度も、何度も。妙名さんはいつしか話すこともやめ、大きな瞳に徐々にいらだちを濃くしながら試みを繰り返していた。

「……妙名さん」

ぼくは呼びかけた。

「あのさ……」

そう継ぐ間に、最後のためらいを振り払った。

「ぼくに取り憑いても、いいよ」

とたん、妙名さんが顔を上げる。

「ほんとっ⁉」

「ああ」

「イエス‼」

　ぐっと親指を立てた。さっきまでが嘘のようにあかるい。

「一応念を押しとくけど、絵が完成するまでだからな」

「うん！　じゃあさっそく！」

「え、今？」

「もちろん！」

　ということで、今すぐやることになった。

　どうしていいかわからないので、ぼくはとりあえず椅子に座って深呼吸する。

　妙名さんがぼくの背後に立つ。

「ほんとにやり方わかるんだな？」

「……うん。こうしてるとできそうな感じがする。……じゃ、いくよ」

　彼女がどこか厳《おごそ》かに告げた。

　ぼくは息を止める。耳の奥で心臓の鼓動と、動脈を流れる血液の音まで聞こえてくるようだった。緊張でふつふつと鳥肌が立つ。

　唐突に、それはきた。

　背中から、何とも表現できない曖昧な感触が襲ってきて、とにかく、入ってきているというのがわかった。

ぞぞと寒気が立ち、そのあまりの激しさにめまいを覚えそうになっていると——

いきなりぼくは、経験したことのない感覚へシフトした。

「……あ……入れ、た……かな……？」

ぼくの口がぎこちなく声を発する。

ぼくにはその声が、自分の上の方から聞こえてくる感じがしていた。

自分の肉体という容器があったとして、それを満たしていた「ぼく」が無理やり下半分に押し込められ、上に異物が詰め込まれたような感覚。車酔いを何倍もひどくしたような気持ち悪さに見舞われた。

「……あ……なんかわかる。あ、久しぶり、この感じ」

ぼくの口を借りて、妙名さんが浮き立っている。

そして、手を動かそうとした。

ぼくはさらに気持ち悪くなる。

「あれぇ？　うまく動かせな……、——妙名さん、悪いけどすぐ出てってくれ」

ぼくは意識を割り込ませた。

「頼むから、早く……！」

ただならぬものを察したのか、妙名さんは素直に出ていった。

とたん。

「……………………」

すさまじい疲労がのしかかり、ぼくは膝をついてうなだれる。

「だ、大丈夫？」

妙名さんがしゃがみ込んでくる。ぼくは「ああ」と答えつつ、

「……入ってきたとたん、ものすごく気持ち悪くなった。耐えられなかった……」

「えっ……」

妙名さんの表情に影が差す。

「それって……無理ってこと？」

「……いや」

ぼくはふらりと顔を上げる。

「……何回かやれば、慣れそうな感じがする」

妙名さんがほっとした表情を浮かべた。

「なるほど」

神妙な面持ちで腕組みし、

「初めては痛いって言うしね」

「下ネタやめろ！」

「じゃあ帰るよ」

ぼくはカバンを持ち、出口に向かう。

妙名さんがついてきて、見送ってくれる。

「また明日」

「うん、ばいばい」

「電気はどうする？」

「ん……つけといて」

「わかった。それじゃ」

最後に振り向くと、妙名さんが小さく手を振る。

窓の外がすっかり暗い美術室で、その姿がやけにぽつんとして見えた。

2

玄関に入ると、ジャガイモやにんじんを煮込む匂いがした。

「ただいま」

とぼくが言い終える前に奥のガラス戸が開いて、柚がぱたぱたとスリッパでやってくる。

「おかえり、お兄ちゃん」

「ただいま」

ぼくが靴を脱いでいる間に柚はスリッパをそろえ、次にカバンを引き取った。新妻さんでもやらないようなことで、ぼくはいい、と何度も言ったのだけど結局続いている。

「今日はカレー？」

「シチュー。でも、カレーがいいんならそうするよ？」

「いや、シチューでいいよ」

そんなことを話しながら、ぼくたちはダイニングに入った。

ぼくは水でも飲もうと、冷蔵庫へと向かおうとする。

「あ、何か飲む?」

柚が目聡く聞いてきた。

「ああ」

「何? 私が――」

「いいよ。それくらい自分で……」

やろうとして、ぼくは留まった。

柚がとても寂しそうな表情をするのだ、こういうとき。

だから出迎えのことといい、家のことほとんどすべてを任せっきりにしてしまっている。母親はぼくが小学生の頃に家を出て、今はいない。

水、と伝えてぼくはテーブルについた。

まもなく柚がミネラルウォーターを取ってきて、コップに注ぐ。

「あ、そうだお兄ちゃん」

思い出したように切り出してくる。

「……さっきおじさんから電話があって、出張、週末まで延びるって」

「……そうか」

おじさん、というのはぼくの父親だ。本来なら柚は「お義父《とう》さん」と呼ぶべきで、まだたまに間違えるのだけど、いちいち指摘することをぼくは避けた。

柚は、父の親友だった人からとある事情で引き取られてきた義理の妹だ。

「そういや、柚」

ぼくは話題を変える。

「お前、進学の第一志望うちの高校なんだって？」

「うん」

「うん……って、なんで？」

「えっと、近いから……かな」

志《こころざし》のない義妹《いもうと》の返事に、ぼくは頭をかく。

「柚の成績ならもっといいとこ行けるはずだろ。先生も言ってるだろう？」

「苦々しい顔で『須玉は冗談のセンスがないな』だって」

おかしそうに笑う。それは苦々しくもなるだろう。柚は国公立大を狙うコースに乗れるくらいの優等生なのだ。

「今どき偏差値が全てとは言わないけどな……」

そう切り出すぼくは、まるで親のようだ。

「うちの高校はろくでもないぞ？　授業のつまんない教師はたくさんいるし、自由な校風とかいってそこかしこにジュースの紙コップが捨てられてるし。悪いこと言わないから考え直せ」

「たしかに歩きで通えるけど、マリアンナ女子なんて自転車で二〇分もかからないし評判いいし、下枝《しずえ》も急行で一駅、レベルだって……」

そこでぼくは声を詰まらせた。

柚がなぜか、泣きそうな目でじっとみつめていたからである。

「お兄ちゃんは、私が学校に来るのいやなの……？」

「え……いや、そうじゃなくて……」

顔をそらしても、柚のまなざしがどこまでも追尾してくる。どうしてそこまでこだわるのかはわからないが、ぼくは観念するしかなかった。

「……いいよ。柚がうちがいいって言うんなら」

「ほんと？　いやじゃない……？」

「いやじゃないよ。柚と一緒に登校っていうのもいいかもしれないしな」

そう言うと、柚がぱっと明るくなり、

「春が楽しみだな」

とほころぶのだった。

「……じゃあぼく、ちょっと部屋で休むよ」

「でも……近いから」

「うん。できたら呼ぶね」

ああ、と応えてぼくは席を立ち、部屋を出た。

階段を上る足が重い。妙名さんに憑依《ひょうい》されたときの疲れがまだ染みついている。

――ああは言ったけど、大丈夫かな……。

先のことを思ってげっそりしつつ、部屋のドアを開けると――

「おじゃましてまーす！」

妙名さんがいて、ぼくはコケそうになった。

「……なんでいるの？」

「泊めてほしいな～、なんて思って」

「……そういう場所が必要なのか？」

「なによぉ、須玉くんはわたしにこわーい夜の美術室で一夜を過ごせって言うの？」

妙名さんがむっとした顔で言う。だが、霊に布団がいるとは思えないし、男の部屋に来るのもおかしい。

「お兄ちゃん？」

ふいの声に、ぼくははっと振り向いた。

「ゆ、柚。どうした？」

「お兄ちゃん、カバン置きっぱなしだったから」

「そ、そうか。悪い」

「――あれ？」

柚がすっと怪訝《けげん》そうに部屋の中をのぞく。

「お兄ちゃん、誰か来てる……？」

「えっ……」

驚くぼくをよそに、柚は部屋に足を踏み入れ、まるで敵を捜すような鋭い目つきで見回す。特に妙名さんが座っているあたりを何度も見た。

「ど、どうした？　柚」

「………ううん」

釈然としない様子でつぶやき、冷や汗をかいているぼくに振り向く。

「じゃあお兄ちゃん、晩ごはんすぐできるから」

そう言って、柚は階段を下りていった。

「だめだよ須玉くん、わたしのこと、ちゃんと紹介してくんなきゃあ」

妙名さんが面白そうにそんなことを言う。


夕食を終えて部屋に戻るとそこにはやはりというか妙名さんがいて、何やらにやけ顔でこちらを見てくる。

「あーいう本って、ほんとにベッドの下に隠してあるもんなんだねぇ」

「何を見てたんだっ！」

顔を真っ赤にして抗議したぼくに、妙名さんは「いや～ん」と顔を覆う。

そういえば部屋の掃除をしてくれたあと、柚がしばらく口をきいてくれなかったときがあったけど、そういうことだったのかもしれない。

「……それで、本当は何しに来たんだ？」

「だから、泊まりに来たんだって」

「泊まるってってもな……」

どういうつもりなのか、さっぱりわからない。

「あ、ＣＤある。んーどれどれ……」

「おい、あんまり見ないでくれ」

マイナーなものばかりなのが気恥ずかしくてぼくが注意すると、妙名さんがふいに動きを止めて、

「……いいな、こういうのって」

しみじみと言った。

「こういうの？」

聞き返すと、妙名さんはすぃとあごを引く。

「須玉くん、今わたしに注意したじゃない。こんなふうに誰かの部屋に〝いてもいい

よ〃っていう雰囲気でいるの。こういうの、すごく久しぶり」

「…………」

ぼくはわかった気がした。

妙名さんは霊だから、たとえ友人の部屋に行っても『存在していない』ことになってしまう。ベッドの下をのぞこうが、ＣＤを漁《あさ》ろうが関係ない。普通に扱われたくて、だからここに来たんじゃないか。

ぼくは立ち上がった。

「あれ？　どこ行くの？」

「客なんだから、お茶くらい出さないと失礼だろ？」

そう答えると、妙名さんは、

「ちょっと、きゅんとした」

うれしそうにほころんだ。

そして、ぼくと妙名さんの前ではティーカップが白い湯気を立ち上らせている。

「あの絵って、やっぱりクリスマスなんだよな？」

一口すすってぼくは尋ねた。妙名さんは当然手をつけないけど、それはそれで普通の光景に見えた。

「うん。わたしと厚士の特別な思い出なの」

「特別？」

「そう。それはそれは心温まるお話なのよ。ね、聞きたい？　聞きたいでしょ？」

「……まあ、な」

　すると妙名さんは姿勢を正し、こほん、と咳払いした。

「むかーし、むかし、あるマンションに」

「マンションかよ……」

「わたしと厚士は毎年家族ぐるみでクリスマスパーティーをやってたの。それで小六のときね、厚士が秋前から『すごいプレゼントをやるぞ』って言ってたの」

「すごいプレゼント？」

「そ。もう引っ越しのこと伝えてたし、六年生だし、なんとなくパーティーは今年が最後って予感があったんだと思う。実際、そうなったんだけどね。『すごいプレゼントって何？』って聞いても、厚士は秘密、の一点張りだった」

「で、クリスマスになったのか」

　妙名さんはうなずく。

「パーティーが始まって、やっともらえるって思ったら、『終わったあと』って言うのよ。えーっ！　てなったけど、プレゼントの正体が知りたかったからなんとか我慢して、パーティーは終わったわ。そしたら……今度は『公園で待ってて』だって！あやうくひっぱたくところだった。それで、冬の夜よ？　寒い中マンションの公園で待ってたら、やっと厚士が来て、『これだよ』って、ジャンパーの中から……」

妙名さんがちらりとぼくの目を見る。

「……花火を出したの」

嬉しそうに。

「手に持つやつね。夏に買ったのを取っといたんだって。『冬にやるの、いいだろう？』って。わたし、あっけにとられたけど……たしかにいいなって思った。厚士は昔からそういう発想をするやつだったわ」

妙名さんがどこか誇らしげに言う。

でもね。くすっと笑った。

「火薬が湿気《しけ》ってて、使えなかったの」

「うわ」

ぼくは笑う。妙名さんも笑う。

「厚士、あわててたね。片っ端から試していったわ。わたしはちょっとがっかりしたけど、まあこんなもんかって、厚士にもういいよ、ありがとうって言ったの。そしたら――『あっ、ついた！』って、最後の一本がしゅわーって火を噴いてね……」

そして妙名さんは、ぼくに何かを差し出す動作をする。

「……『メリークリスマス』って、厚士が花火を渡してくれたの」

ああ、そのとき妙名さんはそういう表情をしたんだ、とわかる微笑みを浮かべていた。

「……妙名さん、好きだった？」

彼のこと。

そういうことを聞いてもいい空気があったから、ぼくはつい尋ねていた。

すると妙名さんは魔法が解けたようにきょとんとなり、

「ちがう、ちがう」

おかしそうに肩を揺らす。

「わたしと厚士はそういうんじゃないよ。すごく大切な兄弟……っていうのもちょっとピンと来ないけど、まあそんな感じ」

うまく言えないけど。妙名さんは苦笑する。

「とにかく厚士とのそういう思い出をね、きちんと完成させたいの」

言葉にこもる意志は祈りのように強くて、せつなかった。

それは、ぼくたちが通り過ぎた「子供」という特別な時間の最後にひときわきれいに輝いた思い出なんだろう。

幽霊になった妙名さんにとって、その意味は生きていた頃と比べて変わるのだろうか。

「あーなんか恥ずかしいなー」

妙名さんが、ぱたぱたと顔を仰《あお》ぐ。

ぼくはぬるくなった紅茶を飲んで、かちりとソーサーに置いた。

「……妙名さん。練習しようか？」

「え？　なんの？」

「取り憑く練習。早く慣れないとな」

ぼくが言うと、妙名さんは目を瞠り、ついで細める。

「須玉くんはさ、どうしてそこまでしてくれるの？」

そんなことを聞いてきた。

「優しいから？」

ぼくなりの答えは、すでにあった。

「……ぼくにもさ、幼なじみがいたんだ」

お返しに、ぼくの過去を話す。桃香のこと。幽霊として再会したこと。

ぼくのおかげで救われたと言ったこと。

「……そっかぁ」

妙名さんは体育座りで聞いている。

「せつないね」

「まあ、な。……でも、ほんとによかったと思うんだよ」

「……じゃあ、わたしも甘えていいのかな」

「ほどほどにな」

「肩もんで」

「お前、帰れ」

「うそうそっ！　須玉くん、イケメン」

ぼくはやれやれと笑った。

3

ただでさえ苦手な数学の授業を、ぼくは完全に放棄しつつあった。

昨夜、あれから試すと憑依は意外なほどすんなりいくようになったんだけど、妙名さんが帰ろうとしなくて、結局朝までだらだら話していたのだ。

かくっ、かくっ、と眠気で頭が上下するのを自分で止められない。まぶたが重い。

ああ、もういいや……諦めて眠りに落ちようとしたとき——

——!?

妙名さんが取り憑いてきた。

——な、なんだよ?

ぼくが心で尋ねると、妙名さんは、

「久しぶりに授業、受けたいかなって思って」

と、乗っ取ったぼくの口でつぶやく。声帯の使い方が違うのか、声が微妙に高い。

——なら、横で聞いてりゃいいだろ……？

「ノートとか取りたかったのよ。絵のリハにもなるし」

——だからってな……。

「いいじゃない。どーせ寝るとこだったんでしょ？」

——誰のせいだと思ってるんだ……。

「わたしは、寝てもいいよって言ったわよ？」

隣の佐伯《さえき》さんが怪訝そうに見てきている。

——おい、見られてるっ。

「あ、なんでもないから」

妙名さんが言うと、佐伯さんはちょっと驚いた顔をして視線を戻す。

——絶対変に思われたな……。

「隣の子、けっこうかわいいよね」

げんなりとなったぼくに、妙名さんが話しかけてくる。

「須玉くん、気になってたりする？」

——べつに。

まあ、たしかにちょっとかわいいかな、とは思ってるけど。

「あ、やっぱり気になってるんだ」

にやりと口の端を上げる。

………。

憑依されているので、思ったことは筒抜けだった。

「えー、つまりここのxに……」

ちょうど、先生が黒板に式を展開していく。

「じゃあ、いっちょやりますか。いいでしょ？」

——ちゃんと取ってくれよ？

「わかってるって」

妙名さんがシャーペンの芯をかちりと出した。

「……次にそれぞれの項にyをかけて……」

——って、おい……。

妙名さんは速攻で授業を投げ、ノートに落書きを始めていた。

「だって、つまんないんだもん」

言いつつ、さらさらと二頭身の男の子のマンガを描き、そこに『↑須玉くん』と添えた。

「似てるでしょ？」

くすくす笑う妙名さんに、ぼくはノーコメントを貫く。○と□だけで構成された顔に似ているも何もないだろう。

「ね、須玉くんって彼女いないの？」

落書きを続けながら妙名さんが聞いてくる。

——まあ……いないけど。

「あ～あ、さびしいねぇ」

——ほっといてくれ。

妙名さんはノートの『須玉くん』にぼろーんと涙を描き足した。

まもなくチャイムが鳴り、先生が出ていく。

——妙名さん、いいだろ？　そろそろ……

「なあ、ちょっといい？」

妙名さんが突然、佐伯さんに声をかけた。

「え？　なに、須玉くん？」

——妙名さん……？

「あのさ、今度のクリスマス、よかったらぼくと一緒に映画でもどうかな？」

——⁉

その場にいたクラスメイトが一斉に注目した。

「え……？」

佐伯さんがぽかんとなる。

「……あの……えっと……なんで？」

「実はさ、ぼく、ずっと前からキミのことが好————ごめん‼　冗談‼」

あわてて入れ替わったぼくは、そのままダッシュで教室を出た。

階段の踊り場までできて、ようやく足を止める。

「………どういう、つもり、だ？」

息を乱しながらぼくが聞くと、目の前にいる妙名さんは悪びれもせず、

「彼女作ってあげようかなーって思って」

「余計なお世話だ……」

教室に戻ってどうフォローすればいいか考えただけで頭痛がする。

「もう、いいって遠慮なんかしなく――」

「次やったら霊媒師にお祓《はら》い頼むからな」

「い、いやん。シャレだってば。暴力反対」

妙名さんはさすがにちょっと焦ったらしかった。


美術室の時計は午後六時を指している。

外は真っ暗で、校舎に人の気配はない。

「……いいよ、妙名さん」

ぼくが言うと、妙名さんがすぅっと中に入ってきた。

「――うん、良好。なんかもう自分の体みたい」

なにげに怖いことをつぶやき、妙名さんは画材入れのカバンを開け準備を始める。

筆洗に水を汲《く》み、紙パレットにアクリル絵の具を出していく。

そのうち、ぼくは奇妙な感覚にとらわれだした。

妙名さんの感性が重なってきたのだ。

それまでぼくにはわからなかった絵の意図、このモチーフは何か、なぜ入れたのか、現在の完成度、色のバランス、これからの方向。

「じゃ……始めるね」

妙名さんが筆を水につけた。ここでも彼女の経験が同化している。筆の洗い方、絵の具を溶く水の量、混色の知識と塩梅、調整、筆につける絵の具の量、毛先の整え方。

カンバスにそっと筆先を置く。

自分とはまったく違う、妙名さんの慣れた手の感覚、自然に形を描き、きれいに塗る。それを半ば自分のものとして体験している不思議さ。立体感を出す陰影のつけ方、遠近の濃淡。そして……

久しぶりに絵を描けたことの凄まじい喜び。

我を忘れるほどの集中。描く、描く、描く。

自分では知ったことのない、好きなことに打ち込む充実感に、ぼくは戸惑いと彼女に対する尊敬を抱いた。

しばらくして、妙名さんが筆を休めた。

満たされた吐息をつく。

「……うん、大丈夫！　やれるよ須玉くん」

――よかったな。

ぼくは心の底からそう言った。

「朝はごめんね」

妙名さんが筆を洗いながら切り出す。デート誘いの件だろう。

結局、思ったほどひどくはならずに収まった。……と、信じたい。

――ほんともうやめてくれよ。

「なんかお礼したいって思ってさ。わたし、須玉くんに何も返せてないでしょ」

…………。

「けっこう気にしてるんだよ？」

筆を拭きながら、なんとなく絵の全体を確かめている。

「でも幽霊だからさ、プレゼントも買えないし、おっぱいもさわらせてあげられない」

――なに言ってんだよ！

「えー」

——えーじゃない！

妙名さんは両手を頭の後ろで組んで、ため息をつく。

「わたしにできることって、ほんとにないなぁ……」

——いいんだよ。貴重な経験できてるから。

「どういうこと？」

——妙名さんの感覚が伝わってくるんだよ。絵を描いてるときに何を考えてるかとか、どう感じてるのかとか。

「そうなんだ」

——ああ。

「なんかやらしいね」

——やらしくないよ！

妙名さんが笑う。

こんなふうに下ネタ全開でボケまくるけど、意外と繊細で、絵が大好きで、大切な幼なじみを持っている妙名さんに。

ぼくは、最後まで協力しようと思った。

4

「クリスマスにはこれがないとね！」

白い絵の具を乗せ、妙名さんが満足げに言う。

美術室で、筆と紙パレットを手にカンバスと向かい合っていた。

――だいぶできてきたな。

ぼくが話しかける。

「うん。クリスマスイブに完成するなんて、いい感じだね」

筆を洗いながら妙名さんが応えた。

そう、今日はクリスマスイブ。

同時に終業式でもあり、まだ昼過ぎにもかかわらず校内はしんと静まりかえっている。

「須玉くんは今夜一緒に過ごす人、いないいんだよねえ」

――もう、その話はいいだろ……。

「あはは、ごめんごめん。でも、須玉くんって悪くないのにね」

さりげなく言ってから、妙名さんは名案とばかりにうなずく。

「決めた！　じゃあ作業をゆっくりにして、今夜はわたしがずっと憑《つ》いててあげる！」

今ひとつ喜べない提案だった。

そのあと、妙名さんは数歩下がって画面全体のバランスを見る。

完成に近づいたと言っても、妙名さんの担当部分だけの話で、半分ほどはまだ塗りかけや下書きのままになっている。

画面は大きく内と外に分かれていて、内側を妙名さん、外側を厚士《彼》が担当している。

二人のタッチの違いは明確で、妙名さんは綺麗で繊細な、「ああ、うまい」とぼくにもわかりやすい絵。

対して彼は奔放で大胆。たくさんの奇妙なモチーフがにぎやかに登場し、存在感のある色彩が思わず目を引く。この外枠が妙名さんの常識的な内側を囲み、絵を不思議で味のあるものにしていた。

「……実はね、死ななかったとしてもわたし、合作これで最後にするつもりだったんだ」

――え、なんで？

「才能の差が見えてきちゃったの」

あっさり言って、妙名さんはまたカンバスに近づき、絵の具にメディウムを混ぜる。

「厚士は一人でやった方がいい。このままじゃわたしが足を引っ張る、ってね」

筆の形を整え、カンバスを撫でる。塗っているのは女の子らしき小人だ。

「これは、わたし」

その隣には、彼の担当らしき半人半獣みたいなものが下描きのままで立っている。

——ぼくは妙名さんもうまいと思うけど……。

「こういうとき、素人に言われてもねぇ」

妙名さんはふぅっ、とおどけた息をつく。

「厚士はやさしすぎるっていうか、そのへんの自覚を華麗に避けるやつだし、もししても、踏ん切りつけられないっていうか……気弱に、頑固なのよね。あいつ。だから……わたしが死んだのって、あいつの独立に必要だったからなのかも」

——そんな！

ぼくは抗議した。そんなバカなことあるわけない。けど——

「そうとでも思わなきゃ、納得できないよ」

なにげない声の響きとは裏腹な感情が、重なったぼくの心に直接伝わってきて
……沈黙させられた。

「あいつ今落ち込んでるけど、あとでこれを見たらさすがにまた描く気になるでしょ。それでもうだうだ言ったら、長野先輩が今度こそビンタしてくれるだろうし」

妙名さんが笑ったそのとき、がらりと引き戸が開いた。足音がこっちに近づいてくる。

「やばっ」

この絵に手をつけていることや、ましてや妙名さんと同じタッチであることが見抜かれたら事だ。ぼくに取り憑いたまま、妙名さんはあわててカンバスと画材を奥へやり、自分も隠れた。

直後に、人影が仕切りを越えてきた。

――あ……。

彼と、長野という女の先輩だった。

長野先輩は、そこにあるはずだったものを探すように視線を泳がせる。

「……先輩、話ってなんですか？」

後ろから彼が尋ねた。彼女は仕方ない、というふうに振り返る。

「大森君。描きかけの合作、あなた一人の手で完成させなさい」

しっかりとした声で言った。

隠れているぼくと妙名さんには、長野先輩の背中と、その向こうでかたくなに眉をひそめる彼の顔が見えている。

「……何言ってるんですか。そんなの無理です」

「妙名さんの部分も、あなたが描けばいい」

「無理です」

「そうやってずっと絵を描かないつもり……？」

長野先輩の問いに、厚士が目を伏せる。

「……俺にとって、絵を描くっていうのは妙名と一緒にやるってことでした」

窓の外は数日ぶりに冬の青空がうっすらと広がっていて、その景色が二人の重いやりとりと滑稽《こっけい》なほどそぐわない。

「まわりは合作って言いますけど、俺にとってはそれが『絵を描く』ってことそのものだったんです。幼稚園の落書きからそうだったんです。だから妙名がいなくなって……俺、もう、できないんです。わからないんです」

何を言うべきか迷うように、長野先輩が眉間《みけん》にしわを寄せた。

「でも、絵を描くことは好きでしょ？」

「好きです……けど――」

「大丈夫」

長野先輩が力強く説き伏せる。

「あなたには才能がある。一人でも立派にやっていける。あなたが今のままでいたら、きっと妙名さんは喜ばない。もしこの場にいたら、今の私と同じことを言うはずよ」

そうよ、厚士。

この場にいる妙名さんが、聞こえないようにつぶやく。

彼はしばらくの間黙って、頭を振った。

「……あの絵は、俺と妙名の一番の思い出を込めたものなんです。俺一人ではできないし、やりたくありません」

「でも、大森君――」

「あれが完成しない限り、俺は止まったままなんです。だから――」

「でも、だからこそ、大切な思い出だからこそ、こうなった今、大森君が一人で完成させてあげるべきよ。それが妙名さんにとって、何よりの供養に――」

「供養なんて言わないでください！」

びりっ、と空気が震えた。

そうして、塵《ちり》の積もる音が聞こえそうなほどの沈黙が支配する。

「……ごめんなさい」

長野先輩がうつむきかげんに謝った。そして、

「大森君は、本当に妙名さんのこと好きだったのね……」

かすかにせつない表情をのぞかせた。

そのあと長野先輩は、おそらく彼女には珍しいやわらかな笑みを浮かべる。

「ごめんなさい。きっと大森君にはもっと時間が必要なのよね。それに……私の出る幕じゃなかったのかな」

彼女が歩きだす。

「じゃあ大森君、三学期に」

脇を通り過ぎようとしたとき——

「……………違います」

彼が言った。

足を止め、長野先輩が振り向く。

「……妙名はすごくたいせつなやつでした。けど、好きっていうのとは違います。うまく言えないけど、身内みたいなものでした」

どうしてわざわざそんなことを言うのだろうか。厚士はこぶしを握りしめている。

「……そう、なの」

彼女がぎこちなく返す。

「……俺が好きなのは」

そこまで出て、彼が口を閉ざす。

「大森君……？」

聞きながら、もうほのかに何かを期待している響き。彼は振り向き、言った。

「俺が好きなのは……長野先輩です」

彼女は少し開いた唇をゆっくり結び、そのまま無言になる。

それを不安に思ったのか、彼がもう一度、

「俺、先輩のこと……」

「……うん……」

どこか間の抜けた声。

そのとき、ぼくはふいにざわつき始める妙名さんの心を感じた。

ぼくと妙名さんの視線の先で、彼と彼女が微動だにせず、向かい合っている。

二人の間から伝わってくる空気は、初めて気持ちを知ったというものではなく、少しずつ互いの関係のうちに下地が作られていて、それがようやく表に出てきた、という類のものだった。

自分自身の体が震え始めたことに、ぼくは第三者として気づいた。

――妙名さん……。

長野先輩の手がぴくり、と痙攣《けいれん》した。

それをきっかけに二人の呪縛《じゅばく》が解け、ゆっくり近づいていく。

彼の両手がわずかに広げられ、ふわりと細い腰に回る。身を寄せ合い、二人の体が密着した。

見つめ合う。彼女が不慣れにまぶたを閉じる。
彼も目を閉じ、唇を……

「いやあ‼」

妙名さんが叫んだ。
錯覚だろうか――。
ぼくの口から出た声《おと》に一瞬、妙名さん本来の声が重なった気がした。
彼と彼女が、こちらを見て硬直している。――その表情でわかった。
錯覚じゃない。
妙名さんが、ぼくに乗り移ったまま駆けだす。
二人の横をすり抜けたとき、後ろで立てかけていたカンバスが倒れる。
美術室を飛び出した。

5

屋上には冷たい風が吹いている。

陽はもう傾いて、市街地のビルに半分埋もれていた。

妙名さんは柵のそばで膝を抱え、夕陽の光を体に透かせている。

「…………」

その少し後ろで、ぼくはかける言葉も見つからず背中をみつめている。

吐く息が白い塊となり、弱い向かい風に壊されていく。ぼくはポケットに手を入れ、一つ身震いした。

妙名さんは黄昏に染まったまま、ぴくりとも動かない。

やはりそういうことなのだろうか、とぼくは思う。

妙名さんは、彼のことを好きだったのかと。

兄弟みたいなものだと言い、自分自身でもそう思っていたのに、今になって本当の気持ちに気づいてしまったのだろうか……と。

たぶん、そうなんだろう。

こういうとき、ぼくはなんと声をかけたらいいのかわからない。何を言っても余計になる気がして、ただ迷いながら心配そうに見守ることしかできない。

びゅう、と強い風が過ぎた。

ぶるり、と縮み上がった。

顔全体が吹きさらしで、耳と鼻の感覚がもう怪しい。歯を鳴らしたくなるほどの寒さで、このままでいるのはかなりきつそうだった。

だから、ぼくは……

膝に埋もれていた妙名さんの顔が上がり、ふ……と仰いできた。

ぼくは持っている二つの紙コップの、温かいレモンティーを妙名さんのつま先のところに置き、そのまま腰を下ろす。

「寒い?」

妙名さんが聞いてくる。

「寒いよ」

ぼくは答えて、湯気を立てる紙コップに口をつける。

「須玉くん。わたし、そっちのココアがいい」

「……もう、口つけたぞ」

「いいよ」

ココアとレモンティーを取り替えた。

紅茶をすすりながら、ぼくは黙って市街地の方を眺める。自販機まで行き来しながらいろいろ考えた言葉はあるのだけど、こうしてみると自信がなくて切り出せない。

互いに何も言わず、市街地の辺りを見ていた。

そのまま、周囲を包む空気が夕暮れから宵《よい》に移り始めた頃——

「……幽霊ってさ」

妙名さんが、そっと口を開く。

「成仏できないと、ずっとそのままだったりするよね。何十年も、何百年も、恨みとか、悔しさとか、残したりして……わたし、その理由わかったよ」

ぼくは振り向いた。

「ね、聞きたい？」

「ああ」

「霊は、ずっと独りだからなんだよ。落ち込んでるとき、須玉くんみたいにそばにいてくれる人がいないからなんだよ」

妙名さんはやわらかくほころんでいた。

ぼくはなんだか照れて、レモンティーをすすった。

「わたしね、さっき成仏しようとしたの」

「え？」

こうやって。妙名さんは両手をバンザイしてみせる。

「もう、こんなところにいたくないって思ったから。……でもダメだったんだ。わたし、やっぱりあの絵、完成させたいみたい」

「……そうか」

「そう！」

ふいに声を弾ませ、妙名さんが勢いよく立ち上がる。

「美術室に戻ろ、須玉くん」

「もう……大丈夫なのか？」

「おかげさまでね！」

妙名さんはあかるく答える。

そのことさらな強さに、ぼくは逆にせつなくなった。

「絵を、完成させなきゃ」

6

しんと暗い廊下に、細い光の線が落ちている。

それは美術室の引き戸の隙間から洩れるものだった。

ぼくと妙名さんは顔を見合わせる。誰かいるのだろうか。

そろりと戸を開け中に入ってみるが……人影はない。

「電気、消し忘れたのかな？」

「そんなとこでしょ。ほら、早くっ」

ぼくたちは奥へ行き、仕切りの向こうへ入った。

そこに――一人の男子生徒がいた。

「……厚士……」

彼だった。

絵を描いていた。

あの作品の続きを――。

驚くぼくたちに、待っていたというように振り返る。そして、

「妙名？」

と呼びかけてきた。

はっきりと、立ちつくすぼくだけの姿を見た上で。

「あ……いや……」

ぼくが言葉を詰まらせると、彼は違ったのか、という感じで苦笑する。

「えっと……同じ学年だよな？　大森っていうんだ、よろしく」

「あ、ぼくは、須玉……」

互いにぎこちなく、頭をかいたりする。こういう名乗りは気恥ずかしい。

彼はぼくの左右をちょっと見て、

「妙名は……近くにいるのかな？」

「え……」

質問の意図を計るぼくに向け、彼は答えるようにカンバスに向き合う。

「これは妙名の絵だよ。真似とかじゃないってことは、たぶん誰よりも俺が一番よくわかる」

それに……彼は再び、ぼくの方を向いた。

「もともとそういうの、信じる方だから」

「………」

「須玉くん」

横から妙名さんが呼びかけてくる。

その表情が何を願っているかは、聞くまでもなかった。ぼくはうなずき、彼に言う。

「じゃあ、妙名さんが乗り移るから……」

すると、彼はほどなく「そういうことだったのか」という理解のまなざしをする。

目を閉じ、呼吸を落ち着かせる。

と、妙名さんがすぅっと入ってきた。数日の間にすっかりおなじみになった感覚。

ぼくは委《ゆだ》ねて――

妙名さんの意思で、まぶたが開く。

「……厚士」

「妙名、か？」

「違うわ。須玉くんの演技よ」

とたん、彼の緊張がほどけた。

「妙名だな。……なんか、変な感じだよ」

ぼくとしての外見を見ながら洩らす。

「厚士よりも背、高いよね」

「そうだな」

「ケンカしても勝てそうだよね」

「もともと負けてたけどな」

二人は小さく笑い合う。

「じゃ厚士、さっそくやるわよ！」

言って、妙名さんは自分の画材を用意する。

「……なあ妙名。その、さっきのことだけど――」

「いいから。厚士は手、動かしなさい。できてないの、あんたの方がほとんどなんだからね」

ぴしゃりと仕切られ、彼は黙って絵の具を混ぜる。

「イブの絵なんだから、今日のうちに完成させなきゃね」

筆と紙パレットを持って、妙名さんは彼の横に並ぶ。

そして二人はそれぞれの絵を描き始めた。

ぼくはそれを静かに見守る。

不思議な光景だった。

互いに言葉もなく、ただ自分の手先だけに集中しているようなのに、見ているうちその筆の動きはバラバラじゃなく、疎通させるまでもない強固に結びついた意思で進められているのだとわかってくる。

長い時間で培われたコンビネーション。

二人が幼い頃からずっとこうしてきたんだってことが、動きや、そこに生まれる空気で感じ取れる。

そのとき――ぼくの意識に、感情を伴う鮮やかな映像が流れ込んできた。

妙名さんの記憶だった。

幼稚園の頃、初めてのクリスマスパーティー。

朝からわくわくして、ごちそうをたくさん食べて、彼といっぱい遊んで、帰るのが嫌でわんわん泣いたとても幸せな日。親が用意したお絵かきセットをプレゼントし、彼は同じく用意されたお人形をくれた。

何年かが過ぎ、すっかり恒例になったクリスマスパーティー。

妙名さんはお料理に挑戦したい年頃で、彼のためにポテトチップ入りのスープという独創的なメニューを用意した。それを「まずい」と言った彼に怒って、すねて、ケンカになった。けっこう台無しになったけど、最後は仲直りしてケーキを食べた。彼はスープをぜんぶ飲んだ。

プレゼントは自分で焼いたクッキー。彼は学校の授業で作った七宝焼きの指輪をくれた。

そして、最後のクリスマスパーティー。

すごいプレゼントって何？　と彼を問いつめている妙名さん。得意げに内緒と答える彼。こっちもすごいものを用意してやろうと複雑なセーター編みに挑んだけど、一時間後、戦略的撤退でマフラーに変更した。

しゅわーっ……と夜の公園を彩った花火は、妙名さんの感情が乗せられて嘘みたいにきれいだった。

すべて、そのときはなにげない一瞬だったはずのものがいつのまにか思い出という箱に入って不純物が落とされ、きらきらと美しくなったものだった。

たぶん、妙名さんがぼくに見せてくれたんだろう。

何よりたいせつなものを。

「………」

妙名さんと彼が筆をバケツにつけて休める。

絵はもう、九割以上できあがった。

「あとはここだけね」

「ああ」

並ぶ小人の足下に、ぽっかりとスペースがある。作品としてはきちんと見ない限り気づかれない小ささだ。

ここを、二人が交換してきたプレゼントで埋めるのだ。

「最初に妙名にもらったのは、お絵かきセットだったたな」

彼が描いた。

「わたしがもらったのは、お人形さんだったね」

妙名さんが描いた。そして――

「アクションサーベル」

「絵本」

「クッキー」

「七宝焼きの指輪」

「油絵の具三色」

「油絵の具セット……いい取引だったわ」

空白が、安っぽくならないようデフォルメされたプレゼントでいっぱいになっていく。

「最後に、マフラー」

「……それから」

妙名さんが言うと彼が細い筆に持ち替え、小人がつないだ手の中から、すぅっと棒を伸ばした。

その先端に、妙名さんが黄色い火の粒を一つ一つ灯《とも》らせていく。

「ねえ、厚士」

「ん？」

「わたしにとって、厚士は兄弟なんかじゃないよ」

「え……」

緊張した彼に、妙名さんは安心させるように微笑む。

そこにはもう、もろさやかなしみの影はなかった。

「兄弟でも、友達でも、恋人でもない……まだきちんとあてはまる言葉もできてないような、特別な位置だったんだよ。わたし、今、そう思ったの」

厚士は？　そう尋ねるような間に、彼は少し泣き顔になってうなずく。

「ああ、俺も、そう思うよ……」

聞いて、妙名さんも満足げにうなずいた。

「いい関係だったよね、わたしたち」

言い終えると同時に、妙名さんの筆が止まる。

二人が手をつないで持つのは、タンポポのような小さな花火。

絵が完成した。

刹那、ぼくの体がかくんと揺れ、滑り落ちるようにして妙名さんが出ていく。

そうなった理由を、ぼくは察した。

「……大森君。もうすぐ、妙名さんが成仏する」

ぼくは彼に告げ、横を見た。

そこには消え始めた妙名さんが、満たされた色の瞳にさびしい笑みを浮かべて立っている。

「今、ここにいるよ」

ぼくは彼に教えた。

「……妙名……」

「厚士……これから一人でもちゃんと絵、描くのよ？」

「これから一人でもちゃんと絵、描くのよ……って言ってるよ」

ぼくが、妙名さんの声を厚士に伝えていく。

「わかった……」

そう答えたかと思うと、彼はく、と喉を鳴らし目を押さえる。

「もう、泣かないの……」

妙名さんは自分も泣きそうな苦笑いで言う。

あたりには別れのときにある、やけに淡々としてせかすような薄い空気がたゆたっている。

「描くよ……妙名、俺、描くから……」

顔を紅潮させた厚士の言葉に、妙名さんはこくりとうなずく。

「たくさん描いてね」

「たくさん描くよ」

「有名になってね」

「なるよ」

「世界的に」

「ああ」

「それでもわたしのこと、忘れないでね」

「……忘れるもんか……」

妙名さんの姿が、空気にとけていく。

「じゃあね……厚士」

「あ……」

彼が瞬きした。

「聞こえるよ、お前の声……」

そのとき妙名さんがどんな表情をしたかも、もう、わからない。

「厚士…………メリークリスマス…………」

「ああ…………メリークリスマス……」

妙名さんは消えた。

最後に一瞬、妙名さんがぼくを見てきた感じがした。

〝ありがとう、須玉くん――〟

そんな言葉が、ふっと頭に入ってきたんだ。

一年間同じクラスでも名前しか知らない子だったけど、今は彼女のことをたくさん知っている。

忘れないだろう。

「……天国に行ったよ、きっと」

うなだれる彼に声をかけると、そのまま小さくうなずいた。

ぼくは一度鼻をすすって窓の外を見る。

皓々《こうこう》と月が冴えた晴れの聖夜。今年もまた、雪は降らなかった。

そう。現実はそんなに都合よくはできていない。

ぼくは、完成したばかりの絵に目をやる。

――だからこそ。

絵というものに初めて感動しながら、ぼくは思う。

現実がそうだからこそ、ここにはたくさんの雪が降っているんだ……と。

前略　私の親友

1

ぼくは、ちょっとした間違いを犯した。

「いや、いいですから」

キャッチセールスには、たとえ「いいえ」という言葉であっても返事をしてはいけないものだ。

「そんなこと言わないでさ。アンケート書いてくれるだけでいいんだって。マジだから。映画のチケットが一年間タダでもらえるんだって！　すごくない？」

茶髪に黒スーツの男が、駅へ向かうぼくにしつこくつきまとってくる。

「いいですって。すいません」

「かたいねー。カノジョいないでしょ？」

ほっといてほしい。

こういう極端なものに限らず、金の臭いと同居する都会的な馴れ馴れしさがどうも苦手だ。

「誘うきっかけとかなるって！　絶対！　なあ、人の話聞こうよ」

ぼくが無視を始めると、男はタメ口を通り越しだんだん逆ギレっぽい雰囲気で口調

を荒《あら》げていき、ついには、

「じゃあ、どうしたいんだよ⁉」

――断りたいんだよ！

全力で言い返してやりたかったが、ぼくにはそういうこともできず無言で歩く。それからようやく男は諦め、その理由となったらしき別の女の子のもとへ寄っていった。

「……はぁ」

これだから都会は嫌だと言わんばかりに、ぼくはひとつ溜め息をつく。

放課後、周辺一番の都会であるここ上枝《ほつえ》に寄り、探していたマイナー洋楽のＣＤを買った。これから電車に乗って帰るところだ。

ちなみに今日はバレンタインデーだったけど、ぼくの学校生活に特別変わった出来事はなかった。

『女子高生連続通り魔殺人事件の捜査は、依然として難航』

駅前ビルの大型ビジョンで、ニュースの字幕が流されている。

女子高生ばかりを狙った通り魔殺人は、今まさにこの地域で発生していて、これまでに四人の犠牲者が出ていた。

『被害者はいずれも首や胸を刃物で刺されて死亡。傷の箇所など手口の一致から警察は同一犯の可能性が強いと見て、現在目撃情報の収集に全力を挙げているが、有力な手がかりはつかめていない』

ビジョンに、被害者たちの顔写真と名前が表示されている。

岩永宏美さん(18)
木戸綾さん(18)
川名水葡さん(16)
梶原つぐみさん(17)

そして、ぼくは足を止めた。

「…………」

視線の向こう。

ビジョンの下に立つ、一人の少女。

短く切りそろえた髪。あごはしゅっと細く、切れ長の目。凛とした顔立ち。

背はすらりと高くまっすぐで、中世の騎士のような、そんな雰囲気を持つ少女。

三人目の被害者――川名《かわな》水葡《みずほ》さんが、自分の死を伝えるニュースを表情もなく仰いでいた。

ぼくには、幽霊が視える。

彼女がすぅとこちらを向いた。逃れようもなく視線が合わさる。

彼女はぼくに向け、目尻を微かに絞り上げて苦笑いした。

こういうことだよ、と言っているように。

そして、こちらに向かって歩いてきた。霊だから足音はないけど、生身だったとしてもまったく音がしないんじゃないかっていう、磨かれた足の運びだった。

たしか彼女は何かの武術をやっていたはずだ。ニュースで読んだ。

ぼくは今さらスルーもできず、重い気分で立ちつくしている。

彼女が、ぼくの一メートル手前で立ち止まった。

じっとみつめてくるまなざしは真剣――まさしく刀のように静かな迫力をたたえていて、ぼくは小指さえ動かせずにいる。

「頼みたいことがあるんだ」

「えっ」

つい声が出てしまい、左右を見た。通り過ぎる何人かが怪訝そうに見ていく。他の人にとっては、ぼくの独り言にしか映らない。

「すまない」

察した彼女が謝ってくる。外見に似合う、中性的な澄んだ声だった。

「場所を変えよう。向こうの広場がいい。さあ」

「ち、ちょっと待てよ」

一方的に進めようとする彼女を止めた。

「聞くなんて言ってない」

すると彼女はきょとんとなり——手のひらで額を押さえる。

「そうだった。……すまない」

うっかりしていたという感じの様子からは、先ほどの迫力が嘘のように消えている。ひとつを思うと他が見えなくなる質《たち》なのかもしれない。

「引き留めて悪かった」

彼女は笑った。少しかなしそうに。

それは不条理に殺されたかなしみだろうか。それとも、何かをやり残した未練の表情だろうか。

「それじゃ」

「ああ……」

言いつつ、ぼくは動けない。

こういう表情を、二度見たことがある。

未練を残していた、彼女たち。

そして、救われたときの……晴れやかな表情までが浮かんできた。

「どうした？」

尋ねる彼女に、ぼくは言う。

「……やっぱり、話ぐらい聞くよ」

すると、彼女はまたきょとんとなり、それからほっとしたように口許を解《ほぐ》す。

「すまない」

義理堅そうに頭を下げた。

見ていて気持ちのいいほど姿勢が正しかった。


駅近い公園の広場。

すっかり寒い夕方、人影はほとんどない。

隅にあるベンチに、ぼくは腰掛けた。

隣に、彼女——川名さんが座る幽《かす》かな気配が降りる。

その横顔を眺め、ぼくはテレビで見るよりきれいだなと、という感想を抱いた。

ニュースによると、川名さんは先月の末、通っていた柔術道場の帰りに刺殺された。

格闘の心得のある人が被害者になったことが、テレビでよく取り上げられていたと思う。犯人はどんな人物か、という角度で。

「それで……頼みたいことって？」

「犯人の逮捕に協力してほしい」

　振り向いた彼女のまなざしが、闇の中に澄んでいる。

「犯人が、誰かは？」

　首を横に振る。

「顔も見ていない。……あのときの私はひどくぼんやりしていて、即死だった」

「じゃあ……」

「ああ。何の手がかりもない。だが……」

　どうしても、犯人を捕らえたいんだ――。

　膝の上に置いたこぶしをきつく握りしめる。肉体を失ってもなお、修練で身につけた気迫が発されているように感じた。

「やっぱり……犯人を恨んでるからか？」

「いや、そうじゃないんだ」

　また首を振る。

　そうして、白い外灯に頬を透かしながら静かに上を見た。都会の夜空は錆《さび》を含んだ水のような色をしていた。

「私は守りたいんだ。親友を」

独り言のようにいった。

「親友？」

「うん。……いや」

川名さんが自嘲《じちょう》気味に付け足す。

「だった、…………かな」

問いかけるぼくの視線に、

「私にはたった一人、親友がいたんだ」

語り始める。

「由佳里《ゆかり》という名前で、そう……」

少し考え、ゆっくりぼくの方を向き――

「綺麗な、うすい花びらのような……そんな女の子なんだ」

宝物を自慢するような顔で紹介した。

「私は自分で言うのもなんだが不器用で、孤立してしまう質だったんだ。高校生になるまで友達と呼べる人は誰もいなかった。だが……」

低く澄んだ声に、どうしようもないくらいのうれしさの記憶がにじんでいる。

「由佳里はそんな私と、まるでなんでもないことのように友達になってくれたんだ」

ぼくはそれを、白い息を吐きながら聞いている。

「でも由佳里は私と一緒でさえなければもっとたくさんの、学校中の人と友達になれる子なんだ。それでも私の近くにいてくれて、私にはそれが申し訳なくて、そう言うと由佳里は……由佳里はな……」

声が震えている。

「『わたしは水葡が好きだから』と……言ってくれたんだ……」

とても甘くておいしいものを食べたときのように吐息をつく。

「うれしかった……」

話に耳を傾けながら、ぼくはふと去年のクリスマスに出会った妙名さんのことを重ねている。死者は、自分の思い出を人に伝えたいものなのだろうか。

「……だが」

川名さんが沈痛な表情でうつむく。

「わたしはどうしようもなく不器用で……由佳里さえ傷つけてしまったんだ。そして、そのまま私は……」

膝に爪を立て黙り込む。そしてまた、意志の強い声でこう告げた。

「だからせめて――守りたい」

目の前をスケボーに乗った中学生が横切っていく。少しして、ぱたんと板の裏返る音が届いた。

　ぼくは気になった。

　どうして、そんなに大切な友達を傷つけることになってしまったのか。そして——

「なんで友達を守ることと、犯人の逮捕がつながるんだ？」

　ぼくは、はっとなる。

「まさか、犯人の次の狙いが、その友達？」

「いや、わからない」

「え？」

「犯人が狙っているのは、この一帯の女子高生だ」

　困惑するぼくに、川名さんが真顔で言う。

「なら……由佳里の可能性もなくはない」

　ぼくが芸人なら、ベンチから落ちていた。

「わかっている。ほとんどありもしないことだというのはわかっているんだ」

　川名さんがむきになって釈明する。

「だが……可能性はゼロじゃない。私はどうしても不安なんだ。だから私はこうして今も……」

　成仏できずにいると言うんだろうか。

仲違《なかたが》いしてしまった親友の、ほとんどありもしない危険のために幽霊となってさまよい続けている。なんだかそれはとても……

「……不器用だな」

ぼくは言う。

「ああ」

川名さんが認める。

「私にはそういうふうにしかできないんだ。死んでも治らなかったよ、これは」

そう言って、彼女はまた目尻を絞るようにして苦笑いを浮かべた。

2

ぼくは、川名さんに協力することになった。

犯人捜しは明日の土曜からということになり、ぼくは家路についている。

「…………」

帰るのが憂鬱《ゆううつ》だった。

もちろん家にはできた義妹《いもうと》がいて、今頃晩ごはんを作って待ってくれているだろう。

でも——一年のうち今日に限っては、逃れ得ない試練もまた、待ち受けている。

「お帰り、お兄ちゃん！」

ドアを開けたとたん、柚の笑顔が迎えた。ずっと玄関で待っていたふうだった。

「た、ただいま……」

ぼくは早くも緊張している。

「待ってたんだよ」

柚がはにかみながら後ろ手に隠しているもの。

昨夜遅くキッチンから上ってきた匂いで、それがなんであるかはもうわかっている。

今年の試練が迫っていた。

ぼくが最後のあがきとして気づかないふりして奥へ進もうとしたとき、

「……ねえ、お兄ちゃん」

ああ、もう逃げられない。

そして、柚が隠していた小箱をそっと差し出してきた。

「はい、チョコレート」

「………」

うれしいと同時に絶望的な気分になる。

ぼくは、チョコレートが苦手だった。

昔食べ過ぎて吐いて以来、ちょっと食べただけで胸やけがして吐き気がして、軽くめまいまで起こすようになった。でも……

「お、ありがとな、柚」

「うん」

柚の顔を見ていると、とても言えないのだった。

妹は、モテない兄に気を遣ってくれているのだから。

「………」

みつめてくる柚の瞳は、どうかな？　と聞いてきている。その場で開けて感想を聞かせてほしいと訴えてきている。

「今年はどんなのかなあ」

ぼくは精一杯楽しそうな顔をしながらラッピングを解いていく。

箱を開けると、上品な形をした小さなショコラが並んでいた。それぞれに趣がある中で、隅っこにひとつハートの形もある。年々本格的になっていく。

漂うカカオの香りで、額に脂汗がにじんできた。

「うまそうだな。じゃあ晩メシ前だけどひとつ食うか」

「うん、食べて」

この笑顔を消すわけにはいかない。

才色兼備で家事までこなす完璧な妹に、兄としてしてやれることはこれぐらいだ。

ぼくは悪寒に震えながらチョコをつまみ、それをゆっくり口に入れた。

どろどろに甘い粘体を無理やり嚥下《えんか》し、口が痙攣しそうなのを必死で抑えて、みつめてくる柚に対し全身全霊で自然な表情を作る。

「うん、うまいよ」

今年の試練は終わった。

「よかった」

柚がタンポポのようにほころぶ。

報われた。

　ダイニングに入ると、テーブルにはもう夕食の準備が整っている。

「すぐ支度するね」

　柚が機嫌良さそうにみそ汁を火にかける。ぼくは席について待つ。

「……ねえ、お兄ちゃん」

「ん？」

「えっと……今日どうだった？　チョコレート、他にもらったりした……？」

　聞いたとたんぼくはうっ、と胸やけをぶり返す。

「チョコは柚のだけでいいよ」

「えっ……」

　柚がぴたりと手を止めた。それから、なにやらもじもじと頬を紅くしてみつめてくる。

「あの……お兄ちゃん、それ、どういう意味……かな？」

「あっ、違うんだ、チョコは大好きだぞ！」

　嫌いなのがばれるんじゃないかと、あわててフォローする。

「だから、うん、なんていうか、そうだよな！　柚だけじゃなくて、他の女の子からもチョコがもらいたいよな！」

「そう……なんだ」

すっ……と柚が鍋に視線を戻す。

——あれ？

なんだか柚を取り巻く空気が変わったような感じがしたが、気のせいだろう。

「はい、お待たせ」

「…………」

なら、出されたご飯とみそ汁が異様にちょびっとしか入っていないのも気のせいだろうか。

「……な、なあ柚」

「何？」

心なしか、声が冷たい。

「い、いや……。なんでもないよ」

深く追及すると怖そうな感じがして、ぼくは気のせいだと思うことにした。

それから、柚が自分のみそ汁をよそっていたとき、

「きゃっ！」

手をすべらせお椀を落とした。ばしゃっ！　と中身がぶちまけられる。

「大丈夫か⁉」

「う、うん。なんともない」

「そうか」

こういうとき、守護霊がそれとなく護っていたりする。

今もぼくは、柚の守護霊が火傷を負わない身のひき方をさせたことに気がついた。

すごく気合いを入れないと視えないけど、存在を感じることはできる。

片付けた柚が食卓につく。

「じゃあ、いただきま……」

ぼくが言いかけたとき、玄関でドアの開く音がした。

「…………」

近づく足音を聞きながら、ぼくの表情が強ばる。

かちゃりと、ガラス戸が開いた。

「……ただいま」

一瞬の間があったのは、ぼくの姿を見たせいだろうか。

「仕事が予定より早く片づいたんだ」

ぼくの父が言い訳のように付け足した。

「おかえりなさい、お義父さん」

「ただいま、柚」

「……………」

ぼくは振り向かず黙っている。

「ビールでいい？」

柚が腰を浮かせたとき、

「いや、いいよ。今お腹空いてないから、あとでもらうよ」

父は弱々しい笑みを残して戸を閉め、静かに去っていった。

「……別に、部屋に引っ込まなくたっていいだろ」

ぼくはつぶやく。

すると、柚がとても申し訳なさそうに沈んだ色を浮かべている。

「柚、そんな顔するな。お前がそんなふうになる必要、ぜんぜんない」

あわてて言う。柚が責任を感じる義理は全くない。あれはお互いの親が起こしたことだから。

「でも……」

「さ、もういいじゃないか。ほら、食べよう？」

ぼくはぎこちなく笑って促す。

「うん……」

うなずいて、柚も箸《はし》を取る。

夕食が始まった。

「あ、そういえばさ、通り魔事件解決しないね」

柚が話題を振ってくる。

まさしくそれに関わることになったぼくは、どきっとして、

「だな」

ちょっとぎこちなくなってしまった。

「犯人、早く捕まるといいね」

「ぜんぜんわかんないんだよな」

ぼくは言って、

「もし、柚が犯人を見つけるとしたらどうやる？」

「私？」

「ああ」

頭のいい義妹の意見を聞いてみよう。

「そうだな……やっぱり被害者の人の共通点を調べたり、あとは聞き込みかな」

「うん。でも、それは警察もさんざんやってるだろ？」

「たぶん」

「でも、見つからないんだよな……」

「そうとは限らないよ」

「え？」

「捜査が進んでても隠す場合があるっていうじゃない」

――ああ、そっか。

「犯人しか知り得ない事実が大事な証拠になるとかそういうので、表に出さないって」

「そうか……だよな」

「うん。わかんないけどね」

くすりと笑って、柚がお茶を飲む。

3

「……どうだった？」

ぼくは戻ってきた川名さんに尋ねる。

すると、無言でかぶりを振った。

「どうやら、本当に何も進展していないようだ」

「そうか……」

つぶやいて、ぼくは今しがた川名さんが出てきた警察署を見る。

昨日の話を元に、ぼくはひとつの方法を試した。つまり、幽霊の川名さんが警察署の中に入って捜査情報を手に入れる——という。

でも、空振りに終わってしまった。

「……どうしよう」

ぼくは腕を組んで、次の一手を考える。捜査は早くも行き詰まりつつあった。

「すまない、須玉君……」

「いや——」

……うぐっ。

ぼくはまた、軽い吐き気に襲われた。

「どうした？　そういえば、今日は会ったときから顔色が優れないが……」

「……実はさ」

心配げな川名さんに、ぼくは苦笑しつつ話す。

昨日妹からチョコをもらったこと、自分はチョコが大の苦手だということ、でも深夜までかけて死ぬ思いで完食したこと。

「まだ気分悪いんだ……」

「良いお兄さんだな」

川名さんが目を細める。

それから、ふっと瞳の焦点が遠くなった。そこに楽しいものでもあるように。

「私も去年、チョコレートを作った……」

ぼくは軽く驚く。あまりイメージじゃないから。

「！　い、いや……」

ぼくの視線に気づき、川名さんがんん、と咳払いした。

「その、なんというか、別に深い意味はないんだ。ちょっと気が向いたというか……暇だったからな」

照れくさそうに言い訳する。

「いいじゃないか、それは！」

「何も言ってないよ」

「決して恋人や好きな相手がいたわけではないんだ。じゃあどうして作るんだという疑問ももっともだが、たしかにそれが困った事態を招いてしまったわけで……」

「困った事態？」

「試しに作ってみたんだ。バレンタインのチョコを。ちゃんと製菓用チョコを湯煎《ゆせん》するところから始めて、綺麗なハート形にして、可愛らしくラッピングして……自分で言うのもなんだが、会心の出来だと思った。それを手にしつつうっとり見つめながら──私ははっとなった。大変なことをしてしまった。私は……『これを一体どうすればいいんだろう？』」

「どうすればって？」

つまり、私はこう思ったのだ……。川名さんが真剣そのものの表情で答える。

「『バレンタインチョコなのだから、好きな男子にあげる以外には許されない』──と」

「……は？」

「私には好きな男子がいなかった。とても困った」

ぼくはあっけにとられ、

「いや……自分で食うとか親父にあげるとかすればいいだろ？」

「わかっている。それが妥当だということはわかっているんだ。だが、わかっていても私にはそういう手段がとれなかったんだ。心を込めて作ったチョコは好きな相手にあげなくては、とそう思ったんだ。だから私は……」

川名さんが言う。

「好きな相手を探すことにした」

「…………」

ぼくは茫然となりつつ、こういうのを本末転倒というんだな、と思った。

「バレンタイン当日、私はあせりながら誰にあげるべきかとクラスの男子をじっとみつめ続けた。この上なく真剣に、一人一人。……するとなぜか皆、怯《おび》えたような顔で遠ざかり、誰かが『川名に殺される』と泣く声が聞こえたりした」

「…………」

「結局、そのまま放課後になってしまった……」

ぼくはその男子たちに共感すると同時に、それはないだろうとも思ったりした。

「失意のまま帰ろうとしたとき——由佳里が訳を尋ねてきた」

話の方向が変わりそうな響き。

「私は恥じらいつつも事情を話した。すると由佳里は『まかせて』と言って、そのまま帰っていった。私も家に帰って、カバンから取り出したチョコを少しさみしいような気持ちで長いこと見つめていた。そのとき、玄関のチャイムが鳴った。開けると——不審な人物が立っていた」

「不審……？」

「最初、誰だかわからなかったんだ。背が低くて、頭にバンダナを巻いていて、サングラス、革ジャンとジーンズという格好で、『へい川名ちゃん、チョコくれよォ』……由佳里の声だった。私は愕然《がくぜん》となった。——すると由佳里が照れ笑いをして『男の子に見えないかなぁ？』とだぶだぶの手を広げて見せた」

戦慄《せんりつ》するほど似合ってなかった……。川名さんがしみじみとつぶやく。

でも、その口元はほころんでいる。

「由佳里は私のチョコをもらいに来てくれたんだ。それは確かに本当の男子ではなかったけれど、そんな格好で町を歩いてきたのかと驚きだったけれど、私のためにそんなにまでしてくれた由佳里の気持ちに、さしもの不器用な心も降参した。これでいい、と思えたんだ。チョコレートを……一番好きな人にあげられるのだから……」

そのときを思い浮かべているかのように、川名さんはまなざしを伏せている。

「由佳里は『やったー、生まれて初めてチョコもらったぜー』と男の子の口ぶりで喜んだ。私はそんなふうにしてくれる由佳里をみつめながら、湿っぽくならないように必死で涙をこらえていた。……私は、このときに決めたんだ」

　凛と顔を上げる。

「私はこれから、由佳里のことを何よりも一番に思おう――と」

「そうか……」

　やさしい気持ちになって応えつつ、ぼくはどうしてそんな二人の関係が損なわれることになってしまったかが気になった。

「それで、ホワイトデーに由佳里はまたあの格好をして、クッキーをくれたよ」

　川名さんがそう後日談を付け足した。

「須玉君も、妹へのホワイトデーはさぞ張り切るのだろうな」

「えっ……」

　ぼくは声を詰まらせる。

「どうした？」

「いや、返さなきゃいけない、とは思ってるんだけどさ……」

「まさか……返さないつもりか？」

　川名さんの表情が強ばる。

「なんか気恥ずかしいって言うか……今まで一回も返してないんだ」

「何……」

声が一気に低くなった。

「今まで、ということは初めてじゃないのか？　常習犯なのか？」

早口に問いつめてくる。

「ま、まあ……」

「何回だ？　今まで何回もらった？」

「家に来た次の年からだから……四回、かな」

「四回⁉」

川名さんが声を張り上げ、

「……なんということだ……」

神よ……とでも言っているかのようにつぶやく。それから、射るように睨みつけてきた。

「須玉君……」

「な、なに？」

「君は鬼だろう」

「は……？」

「ホワイトデーにお返しをしない、それも四回にわたって……大罪だ。二〇年以下の懲役だ」

「重いだろ……」

「さもなくば、私が呪い殺すかだ」

川名さんが暗い顔で言う。幽霊だからシャレにならない。

引き気味のぼくに、ずいっ、と険しい顔で詰め寄ってきた。

「いいか、須玉君……女の子というのは口には出さなくとも、そういうことをとてもとてもとても、楽しみにしているものなのだ」

「は、はい……」

「そこまで罪が重いと、もはやチョコやクッキーなどでは許されない。素敵な店を予約したり、楽しいデートを組むといった演出が必要になる。……そうだな……」

川名さんはほんの少しの間考え込んだあと、すらすらと――

「スポットは成鳥《せいちょう》にしよう。まず最初に四隣《しりん》通りの『パティスリー・ドゥ・シェフ・ワタベ』へ行く。ここは去年からホワイトデー限定版のホワイトチョコレートケーキを出すようになった。ホワイトチョコというとややしつこい味を想像するが、繊細かつ洋酒を効かせた大人の味に仕上がっているらしく、幅広い年齢の女性に好評だったらしい。ちなみに要予約だ」

「え……？」

「そうしてひとときを過ごしたら、次は映画だ。去年の暮れからやっている恋愛映画

『春を運ぶあなたの手』がいいらしい。四隣通りから歩いて五分の成鳥シネタワーで観れる。映画館を出たら、参道方面に向かう遊歩道で作品の感想を語り合い、ベンチへ誘う。

ここで、プレゼントだ――。

ケーキはここでの意外性を演出するための前置きに過ぎない。プレゼントはその子のことを考えて一生懸命選ぶんだ。そうしたらきっと、どんなものでもうれしい。ただ消耗品は避けるように。とにかく、ここが肝だ。ここさえ乗り切れば、彼女のハートは君のものだ。励め」

「いや、妹だから……」

圧倒されつつも、そこは返した。それにしても……。

「ずいぶん詳しいんだな？」

意外に思って聞くと、川名さんははっとなってうつむく。

そういえば、バレンタインの話といい……そんな気持ちでみつめていると、観念したように――

「……予習を、していたんだ」

「予習？」

川名さんがきゅ、と唇を結ぶ。とても照れているように見えた。

「………いつか、彼氏ができたときの予習だ」

目を伏せながら、ぽつりと言う。

「ガイドブックやいろいろなものを見て、想像していた。私は――交際、というものに憧れていたんだ」

血が通ってるみたいに、耳まで真っ赤に見えた。それは硬派な印象の川名さんからはまず聞けそうにもない言葉で、だからこそ――重く響いた。

「それは結局、活かされなかったがな」

川名さんはさびしげに口の端を上げる。

ぼくは想像した。

デート情報誌をめくっている川名さん。夢見る表情なのだけど、たぶん他の人からは不機嫌そうに見えるだろう。きっと彼女はそういう感じだ。

でも本当はすごく乙女で、いつか誰かと……という憧れを秘めていた。

なのに、一度も叶わないまま……。

「……なあ」

ぼくは切り出す。

「よかったら……これから映画にでも行かないか?」

川名さんが顔を上げる。

ぼくはこめかみを掻きながら、

「ぼくが相手でよかったら、だけどさ」

川名さんは少しの間きょとんとしていたけれど、やがて陽が差したように明るく
——赤くなってかしこまった。

「あ、ああ。その……私でよければ……あの、よろこんで……」

そのしぐさが可愛くて、ぼくはなんだか照れてしまう。

「も、もちろんいいよ。それじゃ……行こうか？」

ああ。川名さんはうなずき——

憧れのデートだ。

吐息のようにもらした。


土曜の午後だけあって、通りにはたくさんの人が行き交っている。

カップルが多い……と感じるのは、ぼくが意識してるせいだろうか。

川名さんと並んで歩いていた。

肩の距離感に迷う。意識しまいとしても、川名さんがちらちらと見てきて、振り向いたぼくと視線が合って、お互いぱっと逸《そ》らしたり。

二人の間に、もぞもぞとした空気がわだかまっている。

どこの少女マンガだよ……。

「あ」

川名さんの声に、ぼくはびくっと振り向く。

「ほら、あそこのウィンドウ」

「ああ……」

川名さんが指し示した先には、桜の花びらが舞っていた。百貨店の春をイメージしたディスプレイだった。

「気が早いな」

「でも、なんかいい」

「まあ、そうだな」

「うん。新鮮な気持ちになる」

そんなことを言い合い、通り過ぎた。

車や人。街の出す数え切れない音が、冬の休日に僅かな温度をもたらすように溶けている。

「楽しいものだな」

川名さんがしみじみつぶやく。一緒に歩くだけで、楽しいものなんだな。

「そうか」

「うん」

「よかった」

ぼくたちの会話も、冬の街に溶けている。

「この先に、由佳里と学校帰りに寄っていたお気に入りのケーキショップがあるんだ」

「そうか。映画のあとに寄ろうか？」

「ああ。お勧めはフルーツタルトだ」

上機嫌に顔をほころばせる。

と――

突然、川名さんが立ち止まった。

「川名さん？」

「……由佳里……」

川名さんが茫然とつぶやく。

見開かれたまなざしの先を追うと――向かいから歩いてくる女の子に当たった。

トートバッグを提げたその子は、控えめで優しそうで、川名さんの「綺麗なうすい花びら」という言葉がしっくりくる。

「あれが由佳里なんだ」

川名さんが、懐かしそうな目をして言う。

たくさんの往来の中で、彼女の歩く様子はどこかひらひらとあおられているようで頼りない。

「大丈夫かな……」

川名さんが心配げにつぶやく。

「由佳里は人通りの多い場所が、好きなくせに苦手なんだ。だから、私といるときもよく転んだりして――」

ずでっ。

転んだ。

「由佳里っ!!」

川名さんが駆け寄る。けど、幽霊である彼女には何もできなくて、ただおろおろするばかり。

ぼくは遅れて駆けつけ、トートバッグからこぼれたものを拾う。お線香だった。

「あの、これ……」

立ち上がった彼女に差し出すと、

「！　あっ、ありがとうございます！」

さっと受け取り、勢いよく頭を下げた。

「本当にありがとうございますっ」

大名を前にした町娘のように恐縮している。

「えっと、大丈夫？」

「はいっ、大丈夫ですっ」

「そう。じゃ……」

「待ってください！」

去ろうとしたぼくの手をつかむ。

「あの……ぜひお礼をさせてください！」

「いや、いいよ」

ふるふるふるっ、と首を振る。

「そういうわけにはいきませんっ！　あっ、そこのお店でお茶でも！」

「いや、落ちたもの拾っただけなんで……」

「そんなこと言わずにお願いします！」

「だから……」

「あっ、違うんです！　そうじゃないんです！　けっして手の込んだナンパとかじゃないですからっ‼」

結局、押し切られる形でぼくは彼女とカフェに入った。

「由佳里はこういう子なんだ」

川名さんがいとおしそうにつぶやいた。

シックで洒落た雰囲気のカフェの席で、寺橋《てらはし》由佳里さんと向かい合っている。

「それでわたし、一七年間ずっとそう思い込んでたんですよ。もう恥ずかしくって」

寺橋さんがくすくす肩を揺らす。

さっきはテンパってただけらしい。ラテを飲みつつ話す彼女は、とても朗《ほが》らかで落ち着いた雰囲気の子だった。

「この話には続きがあって……」

普通こんな経緯で向かい合えばぎこちなくなりそうなものだけど、そうならずに自然とうちとけた空気を作る。たしかに友達がたくさんできそうなタイプだった。

「元気そうでよかった……」

川名さんが、寺橋さんをみつめながら言う。彼女はぼくの隣に座っているけど、ぼく以外の目からは空席に映るだろう。

と、寺橋さんがトートバッグの中から箱を取り出す。

ケーキ屋さんの箱だった。

「あ……やっぱりダメになっちゃってる」

中をのぞき込み、また買いに行かなくちゃ、とつぶやいた。

川名さんが、驚いた顔をしている。

「私の好きだったものばかりだ……」

「え？」

思わず聞き返すと、

「はい？」

寺橋さんが反応してしまう。

「あ、いや、なんでもないんだ」

ぼくはごまかし、こう尋ねる。

「……そのケーキは？」

すると、寺橋さんは箱を閉じながら、

「……あした、友達のお墓参りに行くんです」

微かに笑んだ。

「……由佳里……」

川名さんは驚いた顔をして、それから――嬉しくてせつなそうにした。

「そうなんだ」

「はい、親友でした」

寺橋さんがこの上なくシンプルに答える。

「親友……」

ぼくは繰り返す。彼女の川名さんへの気持ちは変わっていないようだった。

「……どんな人だったの？」

聞くと、寺橋さんは迷いなく、

「とても可愛らしい女の子でした」

そう言って、少し遠い目をしながら話す。

「一緒に歩いているとき、わたしが転ばないようにそれとなく守ってくれているような、そんな女の子でした。すらりと背が高くて、かっこよくて、古武術っていうのをやっていて……とっても頼りになるんです」

「へえ……」

「でもほんとはお花とか小さい動物が大好きで、女の子らしいものが大好きなんです。これはたぶん、わたしだけが知っている秘密です」

ちょっと自慢げに言った。

「それから……………素敵な恋に憧れていました」

寺橋さんがさびしそうに微笑む。

そんな彼女をみつめながら、ぼくは——

「本当に、二人は親友だったんだね」

そう思った。

「はい」

彼女がうなずき、話は一段落した。

ぼくがコーヒーを飲もうとしたとき、

「……でも、わたしはその親友を傷つけてしまったんです」

そう続けた。

手を止めたぼくの向かいで、斜め下に視線を落としている。そこには――ぼく以外の目からは空席に見えているイスがある。

「なんでだろう……すいません、初めて会った方なのに、話を聞いてほしいって……すごく思うんです」

自分でも戸惑っているようだった。

「変ですよね……？」

寺橋さんが、踏み込んだ話を始めそうな気配。

ぼくはちらりと川名さんを窺《うかが》い、聞いていいかをたしかめる。

聞いてくれ。

そう言うように、みつめ返してきた。

「いや……変じゃないよ」

　ぼくが答えると、寺橋さんが静かに話し始める。文化祭の実行委員になったんです、と。

「それがきっかけでよく話すようになった人がいるんです。違うクラスの男子。趣味がとても合って、自分のするべきことを自分で決められる、そういう人です。わたしはすぐにその人のことを好きになってしまいました」

　さらさらと、瓶の水をこぼすように続く。

「気持ちを伝えたい、伝えなきゃとあせっていたとき、彼から『話がある』って呼ばれたんです。倒れてしまいそうなくらい緊張していたわたしに、彼は――わたしの親友との仲を取り持ってほしい、と頼んできました」

「………」

　川名さんがきつく奥歯を噛んでいた。やはりそうだったのか、と激しく悔いているように。

「わたしは彼の頼みを引き受けました。そうする以外にできなかったんです。彼のことを親友にそれとなく紹介して、二人きりになるようにしたり……告白のお膳立てもしました。彼の気持ちと、それ以上に、彼はみんなから言われるほど素敵な人だったから……水葡の憧れを叶えてくれると思ったんです。水葡はとても恥ずかしがり屋で、ずっと夢見たままになりそうだったから……」

瞳が揺れて、寺橋さんは泣き笑いになっている。

川名さんは氷像みたいに硬直していた。

「……でも、水葡は彼の告白を断ったんです。ひどく冷たい断り方をしたみたいで、彼はとても落ち込みました。そしたら……………」

しゅん、と鼻をすする。

「なにかどうしようもない気持ちがこみ上げてきて……わたし、水葡に『大嫌い‼』って……そう、言っちゃったんです。それからすぐに水葡は……水葡は………」

寺橋さんは息を詰まらせ、嗚咽をこらえるように小さく肩を痙攣させた。

「……謝れないうちに……」

声が洩れる。

「もう、二度と話すことができなくなって……だからわたしは、これからずっと、自分のことが許せないと思います……」

言い終えると、両手で顔を覆った。

「由佳里‼」

川名さんが立ち上がり、その肩にふれようとする。

「由佳里じゃない！　悪いのは私なんだ！　由佳里の気持ちも知らないで！　死ぬ寸

前まで気づくことができないで‼」

「水葡に……会いたいです……」

でも、ふれることはできない。

「由佳里‼　由佳里‼　お願いだからそんなことで苦しまないでくれ‼」

「ごめんね、水葡……」

声も、届かない。

「……聞いてくれ、聞いてくれ……由佳里……」

ぼくは、見ていられなかった。

それから長い時間が過ぎ、去っていく寺橋さんを見送るぼくの隣で――

「どうして私は死んでしまったんだろう……」

川名さんが、空っぽの声でつぶやいた。

ぼくは、どうしたらいいかを懸命に考えた。

4

「本当にそんなことができるのか……？」

話を聞いた川名さんは、信じられないと言うような、でも期待を込めたまなざしで聞いてきた。

「ああ。前にも経験したから、やれると思う」

ぼくは、机の椅子にかけながら答える。

窓の外は夜。

ぼくは川名さんを連れて家に戻り、寺橋さんに向けて言葉を伝える方法を話した。

つまり――

「ぼくに取り憑いて手紙を書くんだ。それをぼくが親戚のふりをして、新しく見つかった遺品だ、と言って渡す」

寺橋さんに「今ここに川名さんの霊がいて、こう言っている」と、霊能力者をやるよりも確かな方法だと思った。

「川名さんはできそう？　前に取り憑いた子はなんとなくわかるって言ってたけど」

川名さんは自身を確かめるように黙り込み、

「…………ああ。そうだな、ぼんやりとわかる」

「じゃあ、やってみよう」

「大丈夫、なのか……？」

「ああ、何度もやってるからな。――ほら」

ぼくは彼女に背を向け、呼吸を整える。

躊躇《ためら》う気配があったけど、やがてゆっくりと近づいて――入ってきた。

――。

微妙に不快感があったけど、耐えられないほどじゃない。ぼくは肉体という器の下半分に押し込められ、上に川名さんの霊が収まる。

川名さんの戸惑う感情が直に伝わってきた。

――どうだ、動くか？

ぼくが聞くと、川名さんは右手をおずおずと挙げた。

「……ああ」

と、声を出す。

「不思議というか……懐かしい感じがするな。肌に服や、空気や、絨毯《じゅうたん》がふれている感触。なんだかずしりと重い」

――じゃあ、始めるか。

「須玉君、ありがとう……」

――べつにいいよ。

「あ。今、須玉君が照れているのが伝わったよ」

頬をゆるめて、川名さんはぼくが買ってきたレターセットを開封した。

机の上に便せんを置き、シャーペンを持つ。そして、線のきちりとした字で最初の一行を書いた。


『前略　私の親友』


……それから数分が過ぎたが、彼女は難しい表情のまま停止している。

――なんで直接言わずに手紙の形にしたか、言い訳しといた方がいいんじゃないか？

「ああ、そうか」

ぼくの提案に川名さんがペンを動かす。

『同じことをきちんと口で伝えられる自信がないから、こういう形になるのを許してほしい』

……そして、再び川名さんが止まった。

「私は、こういうものが苦手なんだ……」

先回りして言ってくる。

「どうしよう？　何をどう書いたらいいか、さっぱり浮かばない……」

仕方なく、ぼくも一緒に考える。川名さんが、寺橋さんに伝えるべきこと……

——なんで告白を断ったんだ？

「ああ、それは……」

——ほら、書く。

「ああ、そうか」

川名さんが少し悩んでから、ペンを動かす。

『私は、由佳里の親友でありたいと思った』

——どういう意味だ……？

川名さんは文章で答えていく。

『私は、由佳里のことを何よりも一番に思おうと誓っていた。恋には憧れていたけど、もし恋人を作ってしまうとあなたへの気持ちの純粋さが失われてしまう気がして怖かった。迷うことも嫌だった。一番でなくてはいけないと思った。だからあのとき、私は揺らぐ自分に言い聞かせるため、容赦のない拒み方をしてしまったんだ……』

ぼくは、川名さんという女の子のことがこれまでよりもずっとわかったような気がした。

それから、川名さんは何度も詰まったり、消しゴムで消したり、汚くなった便せんをくずかごに捨てて最初から書き直したりしながら真夜中、シャープペンシルで親友に語りかけていく。

『でも私は、最近になってようやくそれが間違いだったと気づいたんだ。そういう窮屈すぎる考え方では、今回でなくともいずれすれ違いを招いていたと思う。

それからもう一つ……由佳里の、彼に対して持つ想いにも気づいたよ。(そうだと思い返してみればとてもわかりやすかったのに、どうしてわからなかったんだろう。女子はそういうことに敏感であるべきなのにな)』

「これは死ぬ本当の直前に気がついたんだ。そして、それで頭がいっぱいだったときに……」

最後まで語らず、川名さんは続ける。

『だから、あのとき由佳里が私に大嫌いと言った気持ちはよくわかるんだ。

それは当然なのに、あなたはそんなことさえ後悔して自分を責めてしまっているのではないだろうか。

私は他人の気持ちにはうといけれど、あなたのことはほんの少し、わかるつもりなんだ』

窓の闇には結露の白さ。

真冬の深夜は、文字を連ねる音さえ部屋の壁をカリカリと擦る。

『でも、悪いのは私なんだ。

私の間違った考え方と、鈍さと、不器用さで起こってしまったことなんだ。

由佳里は何も悪くないんだ。

それでも、優しいあなたは気に病んでしまうかもしれない。

けれど、謝らないで。

代わりに、もう一度私のことを「友達」と呼んでほしい。

それだけで、私はもう他のことなんてどうでもよくなるぐらい幸せになれるんだ。

この手紙を読んでくれたなら。

もし私の間違いを許してくれるのなら……。

私に会いに来て、いつものように「水葡」と呼んでほしい。

綺麗なうすい花びらのように透きとおった笑顔を見せてほしい。


大好きな由佳里。

私の親友。

水葡』

最後に一行を書き足して、川名さんは――

「……………できた」

静かに筆を置いた。

そうして……川名さんの霊魂が音もなく離れる。

とたん、ぼくは鉛のような疲労に襲われ、机に突っ伏す。

外は仄《ほの》かに白み始めていた。

「須玉君っ、大丈夫か？」

川名さんが心配そうに詰め寄る。

「……ああ」

遅れて返し、ぼくはけだるく振り向いた。

川名さんの顔が間近にあった。

「……本当に……ありがとう……」

端整な面差しの、切れ長の瞳がじっとぼくを捉えてきている。

こうして向き合うと、彼女は本当に美しい顔立ちをしていて……ぼくはふいに緊張した。

伝わって、彼女の表情も張りつめる。

みつめあう。

あけ方の青ざめた部屋に。

生まれかけた独特の空気に――ぼくは耐えきれなくなり、

「この手紙、さっそく今日渡しに行かないとな」

わざとらしく言って、立ち上がった。

川名さんが気まずげに顔をそらし、ああ、と小さく応える。

ぼくは、壁に掛けてあるブルゾンのポケットに手紙を入れたあと、

「えーと、腹減ったから、下でちょっと食べてくるよ」

「う、うむ」

ぎこちなく言い合って、ぼくは部屋を出た。

廊下に出たとき、奥のドアが開いた。

「あ、お兄ちゃん」

「柚……こんな時間まで起きてたのか？」

「うん。受験勉強」

目をちょっと重そうにしながら言う。

「柚なら何もしなくたって、うちの高校くらい余裕で受かると思うけど」

「ちゃんとしたいから。……絶対に行きたいし」

「ほんとに柚は真面目だな」

そんなことないよ、と微笑む。

「お兄ちゃん、下おりるの？」

「ああ。なんか食べようと思って」

「じゃあ私作るよ。コーヒー飲もうと思ってたところだったし」

「いい、いい。そこまでやんなくても」

「でも……」

「食パンにマヨネーズ塗って食うから」

「もう。私がいるのに、お兄ちゃんにそんなの食べさせらんないよ。行こ？」

「うまいんだけどなぁ」

　そして、柚と一緒に階段を下り、ダイニングに入った。

　柚がエプロンを結ぶ傍らで、ぼくはリモコンを取ってテレビをつける。

『……で、凶器と思われる包丁が発見されました』

日曜のこの時間にニュースがやっていると思ったら、連続通り魔事件に進展があったようだった。

　ぼくはじっと見入ったが、凶器が発見された以上の進展はなかった。

「早く解決しないかな」

　後ろで柚が言う。

「だな」

　ぼくは応え、

「これが犯人の特定につながったらいいんだけど」

「これまでぜんぜん手がかりなかったもんね。防犯カメラにも写ってないし、目撃証言もないし」

画面にまた、被害者四人の名前と写真が出ている。そこに映る川名さんを見て、ぼくはなんだか変な気持ちになった。

『四人目の犠牲者、梶原《かじわら》つぐみさんの葬儀が本日一〇時から行われます』

「被害者の人は、犯人の顔とか見てるだろうにね」

柚がつぶやく。

「ああ」

けど、残念ながら川名さんは見ていなかった。

そのとき――

ぼくは、はっと気づく。

前のめりになり、テレビ画面を凝視した。

「どうしたの、お兄ちゃん?」

そこには、四人の被害者たちの顔が映っている。

……そうだ、川名さんだけじゃない。

被害者は、四人いるんだ――。

5

「知ってるよ」

梶原つぐみさんは、あっさりとうなずいた。

発見現場の林道にはもう警察やマスコミの姿はなく、道端に置かれた真新しい花束とお菓子類だけが生々しくこの場の特異さを示している。

川名さんの他にも、幽霊となってさまよっている被害者がいるかもしれない——。

そのひらめきから、ぼくは川名さんとともに岩永宏美《いわながひろみ》……木戸綾《きどあや》……と事件の現場を順に回っていった。

そして、最後にここ。

「さっきまでヤツんとこいたし」

四人目の被害者、梶原つぐみさんと出会うことができた。

「誰なんだ犯人は⁉」

川名さんが詰め寄る。

「あんた川名水葡？　へー写真うつり悪いね」

「そんなことはいい！」

川名さんがせかすと、梶原さんは「ちょ、こわいよ」と笑いながら答える。

「佐々木《ささき》勇弥《ゆうや》ってフリーター。家は隣の青葉《あおば》市で、実家暮らし。駅前でキャッチのバイトやってて、そこで目ェつけてる。それからマークして、かなり計画的にやってるっぽい。やってる理由は——変態だからだよ」

梶原さんの表情に、嫌悪が広がる。

「死ぬ前に見たあいつの顔、めっちゃ焼きついてる。あれ、サカッてるときの顔だよ。マジ吐き気する……」

「さっきまで犯人のところにいたって言ってたけど……？」

ぼくが聞くと、梶原さんは目つきを暗くして、

「殺してやりたかったから」

と言った。

「あいつ許せない。あたし別に夢とか、たいそうなものはなかったけどさ……これからだったじゃん。……ありえないって。絶対呪い殺すって思った」

声の響きから、凍えるほどの憎悪が伝わってくる。

「でも、できないんだよ。あれ、守護霊ってやつ。強くて手が出せなかった。がんばって、付きまとってたけど……」

……なんであいつなんかが守られてんだよ……。目を伏せ、やりきれないふうにつ

ぶやく。

犯人がわかった——大きな前進だった。

「諦めて、ここに？」

戻ってきたのか、という川名さんの問いに、梶原さんは首を振る。

「見たくなかったから」

「何を？」

「あいつ、今日またやる気なんだ。下枝《しずえ》の……寺橋由佳里って子」


バスの扉が開いた瞬間、ぼくは飛び出した。

木陰の落ちる坂道を駆け上がっていく。

寺橋さんは今日、川名さんの墓参りをすると言っていた。

ここが唯一のあてだった。

「早く！」

先導する川名さんがせかす。

小山を拓《ひら》いた霊園には頂上まで階層があり、それぞれに何百もの墓石が並んでいる。

上りの斜面を、ぼくはひたすら走り続けた。

「はあっ、はっ……！」

きつい。

「早く！　早くっ‼」

どうしても足が上がらなくなっていくぼくを、川名さんがもどかしげに振り返る。

重い足を無理やり動かし――ようやく、最上階にたどり着いた。

「由佳里っ‼」

川名さんがあわただしく周囲を見回す。

盆でも正月でもない霊園にはまるで人影がなく、ここで事件が起こったとしても目撃者は出ないだろう。防犯カメラも、一目で無いとわかる。

ぼくたちは必死に駆け回った。

「――！」

貯水タンクの陰から出てくる寺橋さんを見つけた。水を汲みに行ってたらしい。

無事だった。

「……間に合った」

川名さんがほっとつぶやく。

そのとき。

ぬう。と、
寺橋さんの背後に、包丁を持った男が。

「危ないっ‼」

ぼくは反射的に叫ぶ。

すると寺橋さんは一瞬きょとんとなり、声の主を捜すように見回す。

そして、後ろの男に気づいた。

男が包丁を頭上に掲げる。

寺橋さんは悲鳴も上げられず固まっている。

ぼくは全速力で走る。

けど、先を行く川名さんとの距離が離れていく。意思とはうらはらに、疲れた脚の筋肉が働いてくれない。

犯人は、まったくこっちに注意を払わない。

……駄目だ。

間に合わない――――！

「由佳里――っ‼」

川名さんが先に駆けつけ、寺橋さんをかばうように立つ。

けど、彼女は幽霊だ。

絶望的な光景。そのとき。

唐突に男の膝が揺れ、地面に倒れた。

——え。

不条理だった。まったく何もないところで、通常ありえない倒れ方だった。

まるで、見えない何かの力が作用したような。

「寺橋さん！」

ぼくが辿り着くと、寺橋さんが脚をもつれさせながら縋《すが》ってくる。

男が立ち上がった。

無言でこっちを見てくる。

「…………！」

こいつに見覚えがあった。一昨日、駅前で絡んできたキャッチだ。

聞いてた強い守護霊の存在は感じない。高位故にぼくには視えないのか、あるいは
——彼を見放し、いなくなったのか。

男の顔には動揺がない。ただ、勝手に線引いた「陣地」を踏み越えられた幼児のような怒りが、赤黒く浮かんでいた。

男が走ってきた。

包丁を振り上げ、斜めに斬りつけてくる。

ぼくは心臓をぎゅっと縮ませ、のけ反ってかわす。

バランスが崩れた。

男がもう一度包丁を振ろうとする。

その腕を、無我夢中でつかむ。

押される形で、後ろに倒れた。

上にまたがった男が、ぼくの首に刃を押し込もうとする。

ぼくは必死で押し返す。腕が震え、顔が血で張る。

とっさに急所を蹴り上げた。

男がひるんだ隙に包丁を奪おうとする――が、もみあった弾みで飛んでいき、届かないところに落ちた。

その瞬間、首を絞められた。

一瞬の隙を突かれた。

「……カッ！……ッ！」

ぼくは藻掻《もが》く。

顔面が圧迫され、眼球が飛び出そうな感覚。ぎりぎりと、力が込められる。

暗い、男の顔。

また急所を蹴り上げようとしたけど、脚が動かない。そして……

意識が――……途切れる直前。

川名さんが、ぼくに憑依した。

男は、ぼくが気絶したと思ったらしい。立ち上がり、落ちていた包丁を拾う。

そしてゆっくりと、怯える寺橋さんの方へ向く。

ぼくに憑いた川名さんが立ち上がり、音もなく男の背後につく。

包丁を持つ腕の関節を、捻《ひね》った。

「――ッあッ⁉」

男が包丁を放す。

とたん、男の体が鮮やかに回転した。

地面に強く叩きつけられる。

だが、興奮状態なんだろう。男は怯まず、また包丁を拾い川名さんめがけ刃を突き出す。

その手首を川名さんがつかみ、一八〇度捻った。

「ぎゃあああああああああああああ‼」

叫んだ腹に、重い正拳。

男は意識を失った。

川名さんはひとつ息をつき、振り向く。

「大丈夫か？　由佳里」

「！……あ………はい」

寺橋さんが我に返り、それから不思議そうに瞬きする。

「え？　どうして、名前……？」

「あ……」

川名さんがはっとなる。そう、外見はぼくなんだ。

「…………」

川名さんは川名さん故にとっさのごまかしができず、黙り込む。

「……あ、そうか。昨日お会いしたとき、言ったんです、よね？」

寺橋さんが、一人で納得しようとする。

「あ、ああ、そう。あのとき聞いたんだよ……寺橋由佳里さん」

「そうでしたよね」

川名さんは立ち上がり、それからまるで――

「怪我は、ないですか？」

そうすることが当たり前のように、ごく自然に手のひらを差しのべる。

「はい」

すると彼女も、そうすることが当たり前のようにごく自然に手のひらを重ねた。

騎士と姫君のようなその姿は、かつて二人の間で、たとえば転ぼうとする寺橋さんを川名さんが支えるときにいつもあったんじゃないかって思える光景だった。

「そうですか」

川名さんは微笑む。

「無事でよかった」

奥の山林で、烏《からす》が数羽鳴いていた。

6

少しだけお時間をいただけませんか。

犯人を引き渡した警官に「事情聴取のためご同行願えませんか」と言われたとき、寺橋さんがそう頼んだ。

警官は寺橋さんが川名水葡の関係者だということに驚き、墓参りに来たということで感じるものがあったんだろう。頼みを聞いてくれた。

寺橋さんは汲みなおした水桶を手に狭い通路を歩いていき、やがて立ち止まる。

すでに置いていた供花、蝋燭《ろうそく》にお線香、平らな小箱。

そして『川名家』と書かれた墓石があった。

短く手を合わせたあと、寺橋さんが布を固く絞り、石を拭いていく。

茶色くかさかさになった花を除き、燃えさしの線香と蝋燭を片づけ、玉砂利に落ちている枯れ葉を拾う。

「……なんだか、妙な気分だ」

ぼくの隣で、墓参りされてる本人が苦笑いした。

磨かれた墓石が綺麗に光を返している。今日は陽差しが暖かい。

それから寺橋さんは、高校生にはきつかっただろう高そうな花を対に供《そな》え、蝋燭に灯をともし、燻《くゆ》る線香の束を寝かせる。

そして、小箱を開けた。

「最初はケーキにしようと思ったんだけどね」

寺橋さんが、墓標に向かって笑いかけた。

「チョコレート作ったんだ。去年水葡がくれたよね？　だから、二日遅れだけど……今度はわたし」

「由佳里……」

川名さんが煙《けぶ》るような表情になる。

寺橋さんがまぶたを閉じ、手を合わせた。

「あ……」

川名さんが目を瞠る。

「由佳里の言葉が……聞こえる」

黙祷する寺橋さんの後ろで、川名さんはじっとその語りに耳を傾け……だんだんと、かなしげな顔になった。

「由佳里、だからそうじゃないんだ。由佳里がそんなふうに思う必要はないんだ……」

そばに屈みこみ、届かない声で言う。

ぼくはつらい気持ちに眉を寄せながら、寺橋さんの黙祷が終わるのを待つ。

ポケットに入れてあるものを確かめながら。

寺橋さんが、そっとまぶたを開けた。

「……あのさ」

振り仰いできた寺橋さんに、ぼくはポケットから取り出したものを見せる。

「実は、川名さんの手紙が見つかったんだ」

「え……」

寺橋さんが大きく目を見開き、糸で引かれたように立ち上がる。

差し出された封筒の『由佳里へ』という文字を見て、水葡だ、という顔をする。

それからおずおずと手を伸ばし、受け取る。急いた表情で、なのに指先は震えてゆっくりと便せんを抜き取り、広げた。

文面を追って右から左、上から下へと瞳が流れていく。進むごとに潤み、揺れていき、引き絞られて……。

ぽろぽろと、涙がこぼれた。

息を詰まらせた嗚咽が、冬の澄んだ空気と、そこに訪れたうららかな陽差しと、烏の声にとけていく。

目許にハンカチにあてて長い間そうしたあと、ぼくに聞いてくる。

「……どうして、これを？」

その問いに、ぼくは「親戚」という答えを用意していた。

「昨日は驚いたっていうか言えなかったんだけど、実はぼく、川名さんの――」

「彼氏」

と、川名さんがぼくの耳許で囁く。

そう……言ってくれないか？

苦笑いのように細められたまなざしの奥には、ささやかでいて真摯な願いがひそかに、ある。

だから。

「……彼氏、なんだ」

ぼくは言った。

「え……？」

「まだ、知り合ったばかりだったんだけどさ……」

すると、寺橋さんが「そっか……」と納得げにつぶやき、便せんを見る。

「水葡、ここに『考え方が変わった』って書いてあるんです。あなたと会ったからなんですね。………よかった」

寺橋さんがまたハンカチをあてがい、震える声で、うれしそうに――

「水葡の夢は、叶ってたんですね……」

よかった。よかった……と、何度も言う。

「……一緒に映画を観に行ったんだ」

ぼくは話す。

「行く途中にさ、通りを歩いてて、川名さんがウィンドウを見つけたんだ。そこには春のディスプレイがあって、桜が咲いててさ。気が早いなってぼくが言ったら、川名さんは、でもなんかいいって、新鮮な気持ちになるって、そう言った。ぼくは、ああそうだなって……。そしたら川名さんは笑ったよ」

寺橋さんはうんうん、とうなずいている。

言ったぞ――と伝えるように、ぼくは川名さんを見る。

うれしそうにほころぶ川名さんの姿はもう、透明に近づいてきている。

ぼくはこう付け足す。

「……きれいだなって、そう思った。こんな彼女ができて、ぼくはラッキーだなって……」

聞き終えたあと、寺橋さんはもう一度だけ手紙に目を通し、大切そうにしまう。それから墓石に向かって跪《ひざまず》き、

「水葡」

呼びかける声は、まるで学校で挨拶するときのようなありふれた響き。

「水葡、水葡。何度でも呼ぶよ。わたし、友達だよ。水葡……。それで、笑えばいいんだよね？　これでいい？　こんな顔でいい……？」

まつげを濡らしながら、それでも綺麗な微笑を揺るがずにたたえている。

水葡のためならなんだってできるよ。そう言っているかのように。

そばに立つ川名さんはもう何も言わず、ただ深いまなざしを親友に向けている。

肌をくすぐるようなやさしい陽の光にとけていきながら、すべてを成し遂げたような曇りひとつない表情をして、最後にふとぼくを見て――

さようなら。

消えた。

手紙の最後に、川名さんはこんな言葉を書き足していた。

『私がきっと、由佳里のことを守ってみせる』

川名さんはそれを果たしたんだ。

……いや。
まぶたを指で擦りながら、ぼくはこうも思ってみる。
そう遠くない日、彼女はこれからもずっと、親友を護る存在になるのかもしれない
……と。

風の階段のぼって

1

春の風が吹いている。

幸せそうにぼやけた青い空に舞っている。

涼しく、あたたかくて、心地いい。肌をくすぐり、それは空気というより眠気を多く運んでくる。

「ふぁ……」

だからぼくはあくびした。

競技場のまわりは高い建物もなく見晴らしがよくて、河川敷にあるような土手があって、レンガ色のトラックを走る選手たちもどこかのんびりと映って、陽だまりの観客席、そのたくさんある空席の一つに名前も知らない小鳥がちょんちょん跳ねていた。

「……ぁふ」

目にじわりと涙をにじませる。

「気持ちいいね」

隣で義妹《いもうと》の柚が、眠そうにしたぼくを微笑ましげにみつめている。春の陽に少し薄茶に透けるセミショートの髪と、眼鏡の奥の可愛らしく知的な瞳。

「お兄ちゃん、そろそろお弁当食べようか？」

「ん？　ああ、そうだな」

ぼくが答えると、柚は楽しそうにトートバッグから弁当箱を取り出す。

ピクニックみたいな感じだけど、それなら陸上の春季競技会なんて場所は選ばない。

陸上大会を、しかも柚を連れて観に来たのには理由がある。

「お、もうじき始まるな、男子の三段跳び」

わざと柚に知らせるように言う。

ほどなく、スタンドの下で三段跳びの選手がぞろぞろと出てきて、フィールドに向かう。

と――中の一人がくるりとこちらを仰いで、ぼくの姿を確認してきた。

「お。ほら柚、あいつが井倉《いくら》」

ぼくは友達を指さす。

平均をやや上回る外見に、ノリの良さそうな笑顔を浮かべている。どんな奴かと周囲に聞けば、「まあ、いいやつ」。その「まあ」という曖昧さにキャラクターが凝縮されているような、そんな奴だ。

促されて柚が見ると、井倉が挨拶のように手を挙げた。チャラい仕草だったけど、それで通る奴でもあった。

『日曜の大会に妹と来てくれ！　頼む‼』

バーガー屋でおごられながら井倉に拝み倒されたのは、水曜のことだった。

名付けて『輝いている先輩ってステキ作戦』。ようするに、競技に挑む自分の姿を見せて柚にアピールしたいらしかった。

柚が入学してからというもの、ぼくは「妹を紹介してくれ」という頼みを頻繁にされるようになっていて、なんだか知らない間に友達が増えたような感じだった。

妹は有名進学校も楽々Ａ判定だったにも関わらず、なぜかぼくと同じ高校を専願で受けた。

結果、全教科九五点以上（満点二つ。自己採点）という超スコアを叩き出し、代表として新入生挨拶を務める鮮烈なデビューを飾り、才色兼備のアイドル新入生として騒がれていた。

「はい、お兄ちゃん」

「悪いな。じゃ、いただきます」

ぼくはバスケットに並んだおにぎりをつまんだ。

学校の弁当も柚が作ってくれている。クラスメイトは普通に親が作ったものと思ってるだろうけど、怖いのでその誤解はとかないようにしている。ぼくの母親は何年も前に家を出ていて、家事はほとんどすべて柚がまかなっていた。

「うん、うまい」

　ぼくが言うと、柚がうれしそうにほころんだ。こうして見ると、本当に美人だと思う。自慢の妹だ。

　フィールド手前の直線を、三段跳びの選手が助走《はし》っていく。

　タッ。

　蹴り上げ、
　タッ、タンッ――

　ずざぁん。砂に足をそろえて着地。前につんのめり、バランスを崩す。

　テレビで見たら地味だけど、スパイクがトラックを蹴る音や実際に跳躍する距離の長さが、生の迫力を伝えてきた。新鮮だ。

「すごい跳んだな。すごいな、柚」

「うん」

「お、もうすぐ井倉の番みたいだぞ」

　ぼくは、頼まれた役割を開始する。

　井倉とは柚が入学する前から普通に友達で、だから協力を引き受けた。

「実はな、あいつけっこうやるらしくて、いつもの調子が出たら三位以内は堅いらし
――」

「お兄ちゃん、お茶のお代わりは？」

「あ、ああ……頼む。それよりさ——」

「最近お兄ちゃんと出かけることってなかったよね。ピクニックみたい」

柚は上機嫌そうに言う。

井倉に興味を持たせようとしてるんだけど、反応がいまいちだ。

「ほ、ほら柚、井倉の奴緊張してるみたいだぞ。いやぁ、あいつのあんなマジな顔初めて見たよ」

「へぇ。——あ、お兄ちゃん、こぼしたよ。拭くからじっとしてて」

「…………」

見事なまでに興味なし。

井倉……なかなか厳しいぞ。

パァン——。

ピストルの音が聞こえた。

トラックでバトンを持った女子たちが疾走している。日程表を確認すると、4×100メートルR《リレー》だった。

第二走者にバトンが渡っていく。この時点ですでに一位が二位に大差をつけていた。

マリアンナ女子かな、とぼくは思った。あそこはミッション系でありながら、スポーツの強豪で知られている。

「マリ女《じょ》のリレー、今年は全国行くかな」

「一橋陽菜《いちはしはるな》がまたバトンでミスんない限り堅いだろ」

そんな話し声が聞こえた。やっぱりそうだ。

マリアンナ女子の第二走者が第三走者にバトンを渡す。息のぴったり合った、素人目にも上手いとわかるパスだった。

第三走者が駆ける。

「…………」

そして、ぼくは見た。

アンカーのスタートラインにひとり立つ、幽霊を。

頬までの髪を左右のピンで留めたその幽霊は、マリアンナ女子のユニフォームを着ていて、出番を待つように構えている。

でも本当のアンカーたちがラインに出てくると、溜め息をついて、うつむきながらトラックの内側へ退いていった。

ぼくには、幽霊が視《み》える。

マリアンナ女子の第三走者が、ダントツトップでやってくる。

ちょっと童顔のアンカーが、片手を後ろにした状態で駆けだす。

第三走者がアンカーにバトンを渡そうとするけど……なかなか距離が縮まっていかない。

縮まらない。

縮まらない。

そのまま——アンカーが規定のラインを越えてしまった。

「あ……」

失格。

走者の二人が足を止める。そのわきを、他のチームのアンカーが次々と通り過ぎていく。

「一位だったのにね……」

柚が隣でつぶやく。

「ああ……」

応えながらぼくは、二人のもとに歩み寄り「気を落とさないで」と慰めるように肩を叩く、さっきの幽霊を見ていた。

2

「初めまして、井倉です。よろしくっ」

井倉がにっとスマイルして、柚に挨拶する。

「初めまして、須玉柚です」

柚が戸惑いがちに笑い返す。

トラックで他の競技が続く中、ぼくたちはレストハウス前のスペースで向かい合っていた。

「えーと、須玉さん、だとややこしいから、柚ちゃんって呼んでいいかな？」

「あ……はい」

「柚ちゃんって、ほんとカワイイよね」

井倉は早くもトップスピードだ。本当の大会はこれからだと言わんばかりだ。

「ごめんね、がんばったんだけどいいとこ見せらんなくてさ」

「いえ、準優勝なんてすごいです」

「ありがとう。でも、まだまださ……」

井倉がふいに真面目な顔つきになって、

「次はオレ、絶対優勝するよ。だから……見に来てくれるとうれしいな」

柚をじっとみつめる。

何をやっても冗談に見えるというこいつの欠点を再確認しながら、ぼくは邪魔にならないよう一歩引いた感じで見守っていた。

井倉がいろいろ話題を振り、柚がそれに応えている。なんとか会話が回っている感じだ。

ジュースでも買いに行くか。

「どうしたの、お兄ちゃん？」

動いた瞬間、柚が目聡く聞いてくる。

「ジュース買ってくるよ。二人とも、何がいい？」

「おう？　んじゃ、アミノ酸かスポーツ系で」

「私も一緒に行くよ」

「いいって。柚はお茶系でいいんだよな？」

言って、ぼくはその場を離れる。見送る井倉の目が「ナイス」と言っていた。

運営窓口を横切り、レストハウスの中に入っていく。

井倉なりの本気は伝わったし、まあいい奴なので友人としてできる範囲で協力してやろうと思った。それに、柚が誰かと付き合うのもいい気がする。柚はもう少し……

「一橋！　てめぇ今なんつった⁉」

角の向こうで怒鳴り声がした。

ぼくの行きたい先でもあったから、ちょっと覗《のぞ》く。

そこにいたのは、さっき失格したマリアンナ女子のリレーチームだった。

三対一の構図で向かい合っている。

一人の側は、アンカーの子だった。童顔の目に、反抗的な光を浮かべている。

「ですから、失格は陽菜でなく、新家《あらや》先輩のせいだと言っているんです」

陽菜という名のアンカーが言った。

「バカ！　直美《なおみ》のせいなわけねーだろ！」

さっきから怒鳴っている子は、たしか第一走者だった。ショートヘアの、ボーイッシュな子。

「あれは誰が見たってお前のミスだよ！　ありえないくらいの！　おい一橋、聞いてんのか⁉」

アンカーの子は、わざとらしくそっぽを向いて聞き流していた。

「てめえ――」

「やめなって、君花《きみか》」

横にいた第三走者の子が止めた。綺麗な長い髪をした、大人っぽい雰囲気の子だった。

「でも直美、こいつ……」

「この子には何言ったってわかんないよ」

冷めた声で言う。

「もういいよ。しょうがないよ」

諦めた感じで、何かを促す。

すると君花という子が地面を蹴りつけ、憮然《ぶぜん》と息をつく。

「じゃあ……決まりでいいんだな？」

直美という子がうなずく。

「……沙織《さおり》は？」

ずっと黙っていた第二走者の子に振り向く。

「…………」

おとなしい、古い文庫本の似合いそうな子がぼそりと、

「……みんながそうなら、仕方ないと思う」

と言った。

それを聞いた君花という子がまた溜め息をついて、アンカーの後輩に向き直る。

「一橋」

「なんですか」

「あたしたちは、リレーをやめる」

その言葉に驚いたのはアンカーの子ではなく——

成り行きを心配そうに見守っていた、あの幽霊だった。

濃いめの眉が意志の強さとやさしさを感じさせる。穏やかな顔立ちをした、責任感の強そうな子。

首にはスポーツアイテムだろうか、布製のネックレスがあって、見るとアンカーを除く三人のリレーメンバーも、まったく同じものを身につけていた。

「もうあたしたちにはリレーをやる気持ちも……理由もないからな」

君花という子が、沈んだ表情でつぶやく。他の二人も気持ちは同じみたいだった。

それとは反対に、アンカーの子は淡々とした態度で言った。

「わかりました」

聞いて、三人が立ち去ろうとする。

「その方が陽菜も個人競技に専念できて助かります。コーチには先輩たちから言ってくださいね」

すると、直美という子が振り返る。

「実栗《みくり》じゃなくて、あんたが死ねばよかったのに‼」

さっきの冷めた態度が信じられない、燃えるまなざしで叫んだ。

そして前に向き直り、早足で去っていく。

アンカーの子は眉一つ動かさずに、反対側へと去った。

誰もいなくなったその場で、幽霊の子がひとり、肩にかなしみを漂わせ立ちつくしている。

たぶん彼女が「実栗」じゃないだろうか。

そう思ったとき、彼女がぼくに気づいた。

視えていることも、認識された感触。

ぼくはつい身構えたけど、彼女は微笑みにも満たないものを浮かべただけで、何も言わずに去っていった。

ぼくはペットボトルを買い、柚と井倉のもとへ戻った。

3

四月に入ると、六時になっても暗くならない。

ぼくは来た道を引き返している。競技場に忘れ物をしたことにして、柚と井倉を少しの間二人きりにしたのだ。

『決めたいんだ！』

ファミレスの化粧室で拝み倒された。

決めるというのは、いい雰囲気になってデートの約束とかをすることらしい。ちょっとガッつき過ぎじゃないかとも思うけど、まあ、まっすぐだ。

さて、どうなるか。

とりあえず今日は柚が夕食を作らなくていいので負担を減らせたことはよかったと思う。これからちょくちょく外で食おうか。

そんなことを考えながら、土手にさしかかった。

忘れ物は嘘だから、本来、ここまで戻ってくる必要はなかった。

でも少し胸に引っかかることがあって……つい、来てしまった。

土手から見下ろすと、低い柵に囲まれたサブトラックが広がっている。

薄い夕陽に照らされた、誰もいなくなったトラックを――

あの幽霊が走っていた。

半分透けた彼女が、四〇〇メートルの楕円を無音でひたすらに回っている。

なんだか古いフィルムを見てるようだと感じながら、ぼくは坂を下り、入口まで来た。

彼女はカーブを曲がり、直線に入る。

と――コースを外れ、ぼくの方に向けゆっくり走ってきた。

柵の向こうで、立ち止まった。

「ねえ」

まるで知り合いみたいな自然さで。

「一〇〇メートルのタイム計ってくれない？」

そう頼んできた。

なんと応えるべきか迷っていると、

「私のこと、見えてるんでしょう？　ストップウォッチがないからずっと計れなくて困ってたの」

「でも……」

「お願い。こんな柵簡単に越えられるでしょ？　ね、早く」

落ち着いた調子だけど、どこか有無を言わせない、人を引っぱることに慣れた響きがあった。

ぼくは柵をのぼり、中に入った。

「ありがとう。こっちに来て」

彼女は背を向けて先導する。

「じゃあここに立って」

コースのすぐ内側。

「私が向こうで合図したらあなたは手を挙げて、下げたときにスタート。その腕時計、ストップ機能あるわよね？　じゃ、お願いね」

てきぱきと指示を出し、向こうへ駆けていく。

スタートラインで立ち止まり、クラウチングスタートの構えを取った。

ぼくと彼女の足元にはそれぞれ、緑色の三角形が八コース分並んでいる。ここからあそこまでが一〇〇メートルなんだろう。

なんでこんなことに……。

ぼくが思ったとき、彼女が合図を送ってきた。

仕方なく、腕時計のストップウォッチをセットし、右手を挙げる。

振り下ろした。

彼女が飛び出す。

低い姿勢から徐々に上体を起こし、一本の線のようにまっすぐになる。速い脚の回転。

ぼくは驚く。

素人の走りとは伝わってくるものが違う。スプリンターと言うけど、まさしく体の中にバネがあって力強く伸縮してるような感じだった。

彼女が迫ってくる。

そのとき、ぼくは見た。

ラインを駆け抜ける瞬間の――弾けるように眩《まぶ》しい、喜びの表情。

「タイムは？」

聞かれて、見とれていた自分に気づいた。

「ああ……12秒47」

「うん、まずまずか」

うなずき、彼女はありがとう、と礼を言う。

「何をじっと見てたの？」

「え？」

「私の顔、見てた」

「……なんか、うれしそうに走ってたなって」

ぼくが答えると彼女は——

「好きだから」

とても素直に言って、笑む。

「私、野田《のだ》実栗っていうの」

彼女が名乗る。

「見てのとおりマリ女の部員で、一応、部長をしていたわ」

「ぼくは、須玉明」

「よろしくね」

「うん」

「幽霊相手によろしくっていうのも変な感じかしらね？」

野田さんは軽く首を傾げて、苦笑いした。

「陸上をやりだしたのは中学の時でね」

野田さんがそんな話を始めた。

褪せた青の夕空が、だんだんと暗くなっている。

「それまではバスケをやってたの。小学生の頃から、中学に入ってもね。ずっとレギユラーで、プロになれたらいいな、とも思ってたわ」

「じゃあ、なんで？」

「私の通っていた中学には『特設陸上』っていう変な制度があって、大会前になると運動部のめぼしい人間はみんな強制的に陸上部所属にされちゃうのよ。それで、私も引っ張り込まれて……。だから陸上の練習、最初はすごく嫌だった。早くバスケに戻りたいって思ってた。そのときにね……」

野田さんがはたと、

「あ、ごめんなさい。こんな話聞いてもしょうがないわよね」

「いや……別にいいよ」

彼女がごめんね、と言うように口元をゆるめる。

「そのときにね、直美たちに会ったの」

彼女が語る自分の歴史を、ぼくは聞いている。これまでそうしてきたように。

「直美、君花、沙織。みんな別々のクラブから招集されてて、私と同じように不満を持ってたの。愚痴で盛り上がって、すっかり意気投合して仲良くなったわ。『じゃあ四人だし、リレーやろうか』ということになったの。それで、リレーの練習を始めてみたら……」

これがすごく楽しかった。

「リレーは、メンバーを応援している瞬間と、自分が参加する瞬間がとてもライブに入れ替わって、つながっていて、独特の凝縮した時間があるの。他に何も考えられない、緊張と、興奮と。

何よりバトンがいいの。渡されて、次に渡すというのがすごくいいの。私たちはつながっているんだ、みんなで一つのことをやるんだって気持ちが練習するたびに深まっていく感じがして……うん、ちょっとクサいかもしれないけど……バトンには、心が乗るのよ。みんなで渡したり渡されたりして、ちょっとずつ分け合って、とけあっていくの」

聞いていると、ぼくも少しやってみたくなってきた。ほんとに好きだって気持ちは、届いてくる。

「だから大会を迎えたときには、私たちはみんな一番の親友になってた。私たちはバトンをつないで、その日優勝した。『ああ楽しかったね』『またやろうね』って……。それから私はバスケをやめて陸上部に入ったの。みんなと一緒に」

野田さんがまぶたを閉じ、微笑みを浮かべる。

「今でもはっきり憶えてる。あの日、借り物のスパイクを履いて初めてオールウェザーのトラックを走ってみたとき。トットッて、ものすごく軽く走れて、背中を押されているみたいで、おもしろくて、このまま空も駆け上がれるんじゃないかって……そんな気がしたの」

気持ちよかった。

野田さんはそのまま余韻に浸るようにしたあと、ふいにトラックに足を踏み出し

――

「とっ、とっ、と」

弾みながら三歩進み、両手を羽のように伸ばして。

ぶぅん、とつぶやいた。

好きな歌を耳にするとつい口ずさむときがあるように、野田さんは体を動かしたくなるようだった。

「聞いてると、ぼくもリレーしてみたくなったよ」

「ありがとう」

野田さんが笑む。

けれど、伸ばしていた両手が折れるように落ちた。

「………でも、私はいきなりわけのわからないうちに死んで」

目を伏せる。

「死んでから急性の白血病だったって知って……残ったみんなもバラバラになって

……」

せつない声で、

「……なんとかしたい」

つぶやく。

「みんなと話がしたい……」

願う。

ぼくがかける言葉を探してみつめていると、野田さんがなんでもないような顔をして振り向いてきた。

「もう暗いわね」

いつの間にか、陽が暮れていた。

ポケットの中で、スマホが震えた。

4

春はいい。

暖かくて、登校が楽だ。

あそこの桜はあとどれくらい残ってるかとか、気持ちいいなとか、そんな感じで歩いていられる。

……はずなんだけど。

「…………」

ぼくは緊張に息を詰まらせていた。

柚が怒っている。

いつものようにテーブルに置かれていた弁当箱の中身が鮮やかな『日本国旗』だったことが兆候だ。

「…………」

いつもよりやや離れた横で歩いている柚は、つんともむっともせず、ただ困ったような顔をして黙り込んでいる。

本気で怒っている。

怒りを出したいのに、それさえも遠慮している表情なのだ。

ぼくは滅多にない事態にあわてながらも、うかつに話しかけられずにいた。

考えてみて、思い当たる原因は一つ——

「昨日」

柚が今日初めての声を出す。

「……井倉先輩の誘い、断ったよ」

やっぱりそうか。

井倉が口を割ったか柚が察したかで、協力したのがバレたんだろう。

「ごめん」

素直に謝った。

「そんなに怒ると思わなかったんだ。柚はこういうのすごく嫌いなんだな。……ごめん、気づかなかった」

「……お兄ちゃんは、私に井倉先輩と交際してほしいの？」

ぽつりと尋ねてくる。

「いや、そういうわけじゃないけど……」

「けど？」

「気に入った相手がいたら、そうなってほしいとは思う」

「どうして?」

柚の声の響きが微妙に変わって、どんな表情なのか気になったけど、振り向く勇気がない。

「柚には、もう少し自分のことをやってほしいから」

「え……」

「ぼくとか親父とか家のこととか、ほどほどでいいからさ。できることは手伝うし、メシももっとインスタントでいいんだよ。柚はもう高校生なんだから、その、さ。楽しんでほしい。せっかくなんだから。ぼくと違って柚はいろいろできると思うから」

言ってから、はは、と苦笑いする。

「……好きだから」

「え?」

振り向くと、柚はなぜかはにかむようにうつむいていた。

「好きでやってるから、気にしなくていいよ」

「ほんとにそうか?」

「うん」

うなずく。

並ぶ軒《のき》の生垣に、新緑色の若葉がちょろちょろと伸びている。

「ねえ」

「ん？」

「お兄ちゃんは、もし私に好きな人ができたらうまくいくように応援してくれるの……？」

「ああ。できることなら、なんだってするよ」

「そっか」

柚が春の朝に似合う笑みをにじませた。

「なら、もういいよ」

どうやら許してくれたようだ。ぼくは、ほっとした。

妙にむずがゆい空気が流れて、ぼくは話題を探す。そして、

「なあ。例えばの話だけどな」

「うん」

「幽霊がいたとするよな」

「？　うん」

「大事な友達がケンカしてバラバラになって、それをどうにかしたいって思ったら、その幽霊はどうしたらいいかな？」

野田さんのことを、なんとかできないかと考えていた。

我ながら首をつっこむと思ったけど、話を聞いてしまったからには、放っておけない。

救われた幽霊と、残された人の喜びを見てきたから。

柚は唇に指を当てて考え込む。こんな変な質問でも、柚は真面目に考えてくれる。

「……直接話しかけたり夢枕に立つっていうのは難しいんだろうね。残された人に何かを伝えたい幽霊はたくさんいるはずなのに、そういう話、たくさんは聞かないもんね」

「そうだな」

「だから、私だったら霊感のある人に仲介してもらうかな。『ここにいるよ、こう言ってるよ』っていうのをやってもらう」

「でも信じるかな……?」

「信じるよ」

柚ははっきりと言った。

「お互いしか知らないような事を話したり、そういう証明は必要だと思うけど、でもね、友達だったらもう一度会いたい、話がしたいって……すごく願ってるでしょ? だからきっと信じるよ。信じたいから」

そうか。とぼくは思った。

「そうだな、きっとそうだ」

「もしお兄ちゃんが死んじゃったら、私、どんな人の言うことだって信じるよ」

「おいおい」

苦笑するぼくに、柚がくすくすと、

「高い壺とか買っちゃうよ」

そんな冗談を言った。

5

野田さんは今日も走っていた。

ぼくに気づくと「待ってて」と言い、そのままジョギングを続ける。急にスパートしたり、またジョギングに戻ったり、そういうことを繰り返していた。

幽霊でさえなければ、そこにはただ陸上に情熱を傾けた一人の女の子がいる。そういう光景だった。

一〇分ほどして、野田さんが練習を終えた。

「ありがとう」

誰もいないスタンドに座る野田さんのもとに、ぼくは自販機で買ったペットボトルを持って戻った。彼女がスポーツドリンクを買ってほしいと頼んできたのだ。

これまでにも同じような経験があったから、変だとは思わなかった。彼女たちはそんなふうに、生きていたときと同じ扱いをされたいと願う部分がある。

ぼくは隣に座り、キャップを開けてボトルを置こうと——

「あ、待って。そのまま」

「え？」

「こっちに向けて」

なんだろうと思いつつ、開けたボトルを傾ける。

すると野田さんが、飲み口に鼻を近づけてきた。

目をつむって、匂いをかぐようにしている。

「……？」

上がって！　上がって！

フリー！　フリー！

芝生のフィールドでサッカーチームが練習試合をしている。鋭いかけ声と審判の笛、ボールを蹴る高い音が夕暮れの競技場に響いていた。

「うん」

野田さんが、六割の満足という感じで顔を上げた。

「匂いをかいでたの」

ぼくに説明する。

「匂い……？」

「死んでからもある程度かげるのよ、匂いは」

……。

そういえば、レモンティーを買ってきたら「そっちのココアがいい」と言った子がいた。ぼくは思い出す。

「お腹が空いたときに匂いをかぐと、いっぱいになるの」

「空く？　お腹が……？」

驚いたでしょう？　という目で見てくる。

「お供えやお線香って、そういうためにあるのね。眠くもなるのよ。よくわからないけど、たぶん体の名残なんじゃないかしら」

知らなかった。

「でもまあ……最近はすっかり薄れちゃったけど」

彼女がさびしげに吐息をつく。

何も言えないぼくの前で、たぶん無意識にネックレスにふれる。

「本当に幽霊になってきてるんだなって、実感してるの」

そのネックレスは布製で、先に紐《ひも》でつないだお守りがぶら下がっていた。

そういえば、リレーのメンバーも同じものをつけていた。

「これ？」

野田さんがぼくの視線に気づく。

「スポーツ店で売ってるネックレスでね、チタンの繊維が入ってて肩こりとかに効くの。それで、お守り」

ほら、とぼくに見せる。

「一昨年の新人大会の前に、リレーのみんなでお揃《そろ》いにしたの。そこにお守りを縫いつけたのよ。交通安全の」

「交通安全……」

たしかにある意味交通だけど……。

シャレよ、と野田さんが微笑む。

「こんなにごちゃごちゃしてたら邪魔になって気が散りそうなものでしょ？　それが逆で『ある』って感触がすごく落ち着かせてくれたの。でもまあ、それは御利益なんかじゃなくてさ……」

みんなとの、絆だったたから。

野田さんは少し遠い目をしてお守りを見つめていた。

戻れ！

広げろーっ！

キーパーの蹴ったボールがそのままライン外に出ていく。

「さて、休憩終わり！」

野田さんが勢いよく立ち上がった。

「……また走るのか？」

「もちろん。せっかく須玉君が来てくれたんだから、またタイム計ってもらわないと」

「ほんと、走るの好きだよな」

ぼくは苦笑いで立ち上がる。

どうして死んでもなお、こんなに練習するんだろう。ふと疑問に思ったけど、たぶん野田さんは……「好きだから」って、シンプルに言いそうだった。

フィールドに下りていく階段で——野田さんが、ふいに立ち止まる。

ぼくも気づいた。

眼下、フィールドに入ってきたジャージの子は——

「陽菜ちゃん……」

野田さんがつぶやく。

マリ女のアンカー、一橋さんだった。

一橋さんが、コースの脇でストレッチを始める。上体をねじったとき、スタンドにいるぼくと目が合った。

……え？

一橋さんが、まだこっちを見ている。たまたま視線が合ったというにはちょっと不自然な時間。

そう感じたとき――一橋さんが上体を元に戻した。

アップを終え、野田さんがそうしていたようにトラックをジョギングで回りだす。

「今日は部活、あるはずなのに」

野田さんが心配げにつぶやく。

「ひょっとして、部に居づらくなってここにきたんじゃないかしら……」

「え」

野田さんが重たい苦笑いを浮かべる。

「陽菜ちゃんは実力はすごいけど、思ったことをそのまま言っちゃったりして……少し、みんなとの協調がうまくできない子なの。去年の二学期に他の高校から編入してきたんだけど、それもそのあたりが原因らしくて……」

柴崎引けーっ！

行かないと！

サッカーの練習が続くフィールドを囲むトラックを、一橋さんが黙々と走り続けている。手前の直線に来たとき、シューズが地を叩く音が聞こえた。

「でも本当はいい子なんだと私は思う。純粋で、それを素直に表現できてないだけなんだって」

野田さんの部長らしい表情は、確信に満ちている。

「……なんで？」

わかるの。シンプルに答えた。

「私ね、よくここで自主トレしてたの。一人で。それでいつもどおりに行くと……陽菜ちゃんがちょうど今みたいに走っててね。編入してひと月ぐらいだったかな。私を見たときの驚いて、照れた顔がすごくかわいかった」

くすりと笑う。

「つんつんして何も言わないけど、この子はほんとに走ることが好きなんだなって思った。嬉しかった。声をかけても無視されたけど、かわいいって思ってるから、かえって微笑ましかった。それからも休日はよくここで顔を合わせてね、別々にだけど、一緒に走ったわ。それで……お守りをあげたの。『陽菜ちゃんはうちの大事なメンバーだから、一緒に頑張ろうね』って」

ぼくは一橋さんの首もとに目を凝らしたけど、そこには何もなかった。

彼女は一人で走り続けていて、その綺麗なフォームがより孤独を浮き立たせているように映る。

「……だから、私はあのときも納得できたの」

野田さんが独りごとのように言う。

「陽菜ちゃんがコーチに『リレーのメンバーは部長でなく陽菜に替えるべきです』っ

て言ったときも……たしかに私が四人の中で一番タイムが遅くて、陽菜ちゃんの方がずっと速くて、もう少しで全国に行けるから、陽菜ちゃんは当然のことを言ったんだ、部のため、チームのために……私はあのとき、笑顔でバトンを譲ることができたの」

それはちょっとひどいんじゃないか。

ぼくは走る一橋さんを見て思う。いくら成績がそうだとはいえ、よくしてもらった恩を仇《あだ》で返すような……。

「悪く思わないであげて」

察したように言ってくる。

「陽菜ちゃんは陸上が好きだからこそ、妥協できないのよ。それが正しいことでもある」

でも、と続ける。

「それを言うべき私が死んで、チームが解散しようとしてる。直美と君花と沙織が、リレーをやめようとしてる。みんなに全国へ行ってほしい、私の分まで走ってほしい……」

野田さんが一橋さんをみつめている。走る姿を遠く、せつなげに。

「……それが心残りで、私はこうしているの」

「メンバーのみんなと話をしよう」

　ぼくは言った。

「ぼくが伝える。なんとかして野田さんの存在を信じてもらうからさ。それで解散、考え直してもらおう」

　野田さんはきょとんとしていたけど、やがて静かにまぶたを閉じる。

「……本当のことを言うとね」

「なに？」

「大会の日、最初に見かけたときから助けてくれそうな気がしてたの。だからあとで引き返してきてくれたときね、コースを曲がりながら、なんて声をかけようかって一生懸命考えてた」

　ぼくは苦笑した。

「それで『タイム計ってくれない？』か」

　野田さんがはにかむ。

「言った瞬間、失敗したって思った。強引すぎるって」

　それから、ぼくをまっすぐにみつめてくる。

「ありがとう、須玉君」

　ぼくも、はにかんだ。

6

マリ女の正門前に着いた。

いかにもミッション系っぽい品のある校門に『聖マリアンナ女子高等学校』というプレートが架けられている。

中等部では合唱や吹奏楽が盛んなのに高等部だとスポーツの強豪という、一貫校なのにあまり一貫してない学校だ。文化祭のチケットは、男子の中でプラチナ扱い。

放課後、ぼくたちはリレーのメンバーと接触するため、マリ女に来た。

「……大丈夫かな」

ぼくはつぶやく。こういう学校だし、部外者の男子には厳しいだろう。

「堂々としていれば大丈夫よ」

隣の野田さんが応える。

「ただ先生に見つかったらさすがに危ないから、それは気をつけて」

「やっぱり学校じゃなくて、外で個別に会った方が……」

「効率が悪いわ。それに、みんなが一緒にいるという状況がほしいの」

野田さんには、何か考えがあるようだった。

「行きましょ須玉君、じっとしてたらほんとに不審者扱いされる」

促され、渋々校門をくぐった。

緊張する。まわりを警戒しながら、慎重に進んでいく。

敷地は広々としていた。

緑が多くて、礼拝堂とか校舎のなにげない佇《たたず》まいに共学と違う女子校の清潔な雰囲気が漂っている。

「……で、どうする？」

「まず君花と話すわ」

君花――第一走者だった、ボーイッシュな子。

「みんなに集まってもらうために、まず、やりやすい君花から当たる」

「やりやすい？」

「すごくピュアなの。言われたことをぜんぶ真に受けるというか、昨日見たドラマのことを毎回のようにぼろぼろ泣きながら話すというか、高い壺を買わされそうというか……」

「……単純ってことか？」

「……霊の存在もすごく信じているみたいだったし」

たしかにやりやすそうだ。

ぼくたちは中心部を避け、外周沿いに奥へと向かっていく。

「で、どこに行くんだ？」

「花壇」

「花壇？」

「ちょうど今頃、水をやってるはずよ」

ぼくは改めて、彼女のことを思い出す。ボーイッシュな外見で、大会のとき後輩に怒鳴っていた姿。……うまくつながらない。

「君花の一番の秘密なの。自分でもイメージと違う自覚があって恥ずかしいのね。誰にも見られないようにそれはもうこそこそとやってる。私にも隠せてたつもりでしょうけど……」

甘いわ。野田さんがふふっ、と笑う。

ちょっとこわい。

「この角の先よ」

野田さんが告げてきた。

曲がると……そこに、小さな庭があった。

講堂の陰に隠れていて、人目につかない。告白に向いていてそうな場所だ。

レンガで囲った花壇に、ピンクと白と水色の花が並んで咲いている。きれいで、丁寧に育てられていることが一目でわかった。

それを――君花さんがみつめている。

如雨露《じょうろ》片手にしゃがみ、頬杖をついて慈《いつく》しむまなざしを向けていた。

小さく唇が動く。何か話しかけているっぽい。

……ものすごく、気まずい。

そのとき、彼女がぼくに気づいた。

弾かれたように立ち上がる。

「な、なんだよお前はあっ⁉」

ここからでもわかるぐらい顔が真っ赤になった。

「えっと――」

ずんずんと詰め寄ってくる。

「なんだって聞いてんだ！　チカンか⁉　そうだろ‼」

「いや、そうじゃなくて……」

「堂々として」

野田さんが注意してくる。

「自分は霊能力者だ、って言って」

そんな、いきなり。

「いいから。君花はそれでいけるから」

「おい、てめ――」

「ぼ、ぼくは霊能力者だ」

「え――」

　虚を突かれた反応。

　たしかに意外な言葉だろうけど――

「君花に、私のことを知ってるか聞いて」

「野田実栗さん、知ってるよね？」

「あ、ああ……でもなんで実栗のこと」

　君花さんは、こっちが驚くぐらいあっさりと引き込まれている。

　ぼくは野田さんに言われるまま、事情を話した。

「実は野田さんは成仏してなくて、幽霊になっていて、その……ぼくを通じて、リレーのメンバーと話したいって言ってるんだ」

「………」

　茫然とした君花さんの表情からは、もうほとんど信じてるっていう感触が伝わってきた。

　いける。

「一昨日の春季大会の日、リレーチームを解散するって決めたんだよね？」

「は、はい……」

すっかり態度が変わっていた。

「須玉君、私が今ここにいるって言って」

ぼくが軽く野田さんを見た動作に、君花さんが大きく反応する。

「実は今ここに、野田さんがいるんだ」

「……本当、ですか？」

君花さんはなんとかそれを見ようとしているふうだった。

「君花、久しぶり。髪切ったのね」

野田さんの言葉を、ぼくは彼女に伝える。

「久しぶり、髪切ったのね。って言ってる」

「……実栗……？」

つぶやく声が震えている。うそ。ほんとに。

「一昨日、驚いた。腰が前に乗らなかった癖、直ったのね。ベスト、コンマ二秒ぐらい縮まったんじゃない？」

それを伝えると、君花さんは――

「……、……」

唇を噛んで、瞳から大粒の涙をこぼしそうになっている。

「花壇の世話していること、けっこう前から知ってたわ。ねえ君花、それってちっともおかしくない。恥ずかしいことじゃないわ。生きてるうちに言ってあげればよかったね。ごめん」

君花さんの瞳が決壊した。

「実栗……実栗いっ……‼」

わんわんと泣く。

「あいかわらず大泣きするね」

「そこに……ほんとにそこにいるんだなあ………」

泣き笑いしながら、君花さんは濡れた顔を袖でこする。


「そんなのあるわけないじゃん」

直美さんが、きっぱり言った。

教室ほどの広さがある陸上部部室は「片づいてる」から「散らかってる」のボーダーぎりぎりに保たれている。

ぼくたちは君花さんに頼んで直美さんと沙織さんを呼び出し、事情を話した。

「大事な話があるって来てみれば……」

「嘘じゃない！　実栗はほんとにいるよ！」

「君花、あんた騙《だま》されやすすぎ」

直美さんが艶《つや》のある長い髪を払い、ぼくへの睨みを強くする。

ぼくは怯みそうになりつつ、

「本当に野田さんはいるんだ」

「証拠は？」

「それは、これから野田さんを通じて野田さんと直美さんしか知らないはずのことを言うよ。それで――」

「それがあんたのストーカー行為の成果じゃないって、どうやってわかるの？」

鋭い指摘にぼくは言葉を詰まらせる。

「ほら、ないでしょ？」

言って、馬鹿にしたように鼻を鳴らす。

「このわからずや！」

すっかりこちら側の君花さんが、直美さんに抗議した。

沙織さんは無言のまま、事の成り行きを見ている様子。

「出てってくれる？　警備は呼ばないでおいてあげるから」

直美さんが容赦ない口調で最後通告してきた。

「………」

けど、なんだろうか。その冷たい壁のような表情に、ぼくはどこか不安定な感触を持っている。

「やっぱり直美は手強いわね。見えないものは信じない質だったし」

隣で野田さんが肩をすくめる。

過去の話は信じてもらえない。

だからぼくは——

「……野田さんは今、毎日競技場を走ってるんだ」

直美さんが知らない、今の野田さんの話をしてみることにした。

「一昨日の大会が終わったあと、ぼくがそれ見てたらこっちに来てさ。一〇〇メートルのタイムを計ってくれないかって頼んできた。時計がないから困ってたって」

「須玉君……」

野田さんが驚く。

「あとで聞くとさ、ぼくにどう声をかけようか走りながら考えてたんだって。自分では失敗だったって、強引すぎたって、言ってたよ。逆らえないっていうか、ものすごいペースに巻き込んでくるよな、野田さんって」

横で野田さんがそんなことないわよ、と照れている。

「ほら！　間違いないよ！　実栗だよ‼」

君花さんが直美さんに訴えた。

「…………」

直美さんは表情こそ動かさないけど、変化はあった。奥に隠しているものが内側から壁を叩いているような気配。

何かをこらえているような。気持ちのバランスが崩れてしまうのを怖がっているような。

「……そこには実栗さんがいたんですね」

突然、沙織さんが口を開く。

「そこにいる気配は、実栗さんだったんですね」

「沙織……？」

君花さんと直美さんが振り向く。

古い文庫本の似合いそうな沙織さんは静かに二人を見返し、それから野田さんの立つ位置に目を向ける。

「一昨日も感じていました。私たちのそばに漠然とした、止まった風のような……」

そうして彼女は両手のひらを前に重ね、深くお辞儀する。

「おはようございます」

それはきっと、いつもそうしていた部活の挨拶なのだろう。

「……ねえ直美、憶えてる？　新年最初の練習。雪が降った日のこと」

野田さんが切り出す。

「……って言ってるよ」

ぼくはそれを伝える。

「……………」

直美さんがゆっくりとこちらに向いてくる。幼い子みたいな、頼りない目だった。

「私と直美だけが出てきていて、この部室で――そう、あそこで並んで深腹筋やりながら『初恋の人暴露大会』したのよね」

「……………」

「私が幼稚園の時の話したら、直美がませてるってからかうから私、ボディアタックして、そのままくすぐりあって笑ったよね」

「……………」

「楽しかったね」

音もなく。

「裏の弓道場に、かわいい雪だるまがあったね」

直美さんの頬に――雫がつたう。

壁が一気に崩れ去り、くしゃくしゃの顔になった。真っ赤になって、おもいきり嗚咽しながら、

「……会いた、かっ……た……」

と溢《こぼ》す。

君花さんもわんわん泣いている。

沙織さんはうつむいて、華奢な体を震わせている。

言葉の架け橋をしているぼくにも、彼女たちの結びつきの強さが伝わってくる。本当に、仲がよくて、いいチームだったんだ。

「……ねえみんな。聞いて」

野田さんが、やさしい部長のまなざしで伝える。


リレー、やめないで。


全国に行って。あともうちょっとじゃない。

お守りを買ったときに誓った、私たちの夢を果たして。

「でも……実栗がいなきゃ……」

陽菜ちゃんがいるわ、直美。

前にも話したでしょ？　本当はいい子なのよ。走ることが大好きなの。あとで私がなんとか話すから、任せて。部長だもの、きっちりやるわ。そのためにこうして来たんだから。

だからそのあとやさしくしてあげて。

ね、みんな？

野田さんの言葉に、三人がうなずく。

「……わかったわ」

「やさしくするよ」

「はい」

野田さんも、うなずく。

「ありがとう。これで心残りはないわ。私も……成仏できる」

ガチャン――。

ドアが閉じる音。

振り向くと、そこにはノブを後ろ手に持った――一橋さんが立っていた。

「……一橋、ちょうどよかった」

君花が声をかける。

「実はな、今ここに――」

「先輩、どうしてずっと幽霊でいるんですか?」

一橋さんが言った。ノブから手を放し、足音を立て歩いてくる。

立ち止まった彼女は、しっかりと野田さんと目を合わせ、睨みつけていた。

「陽菜のこと恨んでるんでしょう」

野田さんは戸惑いながら、

「そんなことないわ」

「嘘」

会話そのもののタイミング。

周りで見ている君花さんたちが、確かめるまなざしをぼくに向けてくる。

ぼくはうなずいた。

一橋さんには、野田さんがはっきりと視えている。

そういえば、競技場でじっとこっちを見ていたことがあった。ただ……ならどうして、これまで野田さんを無視していたんだろうか。

「陽菜のせいでメンバーから外されて、そのまま死んで、だから恨んでるんですよね? そうでしょう?」

「陽菜ちゃん」

問い詰める後輩に、野田さんはあくまで穏やかに答える。

「あれは当然の提案だったわ。私がこうしてこの世に留まっているのは、みんなのことが心配だったからよ。リレーを続けてほしいって、さっきみんなに頼んだの。陽菜ちゃんには、みんなと仲良くしてほしい。そして、私の代わりに全国へ――」

「嘘つき‼」

一橋さんが遮る。

「陽菜を恨んでるんです！　全国だって今も自分が行きたいんです！　だから幽霊なんです‼」

「そんなこと――」

「先輩が走りたかったんでしょう⁉　なのに陽菜がバトンパス失敗したから！　自分が走った方がよかったって‼　でも死んじゃってて‼　そうでしょう⁉　ねえ⁉　走りたいんでしょうっ⁉」

鞭打つ言葉。でもそれは野田さんじゃなく、彼女自身を打っているように聞こえた。

空っぽの静寂が訪れる。

そして――ぼくは気づく。

野田さんの顔から、一切の表情が消えていることに。

「……………………………………………………………そうよ」

低い声が静寂に罅《ひび》を入れ、

「走りたい……――――走りたいわよぉッ‼」

叩き割った。

初めて聞いた野田さんの怒声。

「悔しかった‼」

「だからッ！」

眉間にしわを寄せ、別人のように激しく――

「もっと速くなってまたメンバーに復帰しようって！　なのにあれが最後になって！

でも気持ちが消えなくて！　無駄だっていうのに死んでからもずっと！　ずっと‼

馬鹿みたいに練習してッ‼」

苦しそうに、身体の奥を食う棘を吐き出すように。

「陽菜ちゃんのこと憎いって……憎いって思った‼」

一橋さんは硬直し、色を失っている。

声を聞けない他の子たちも、何かを感じ取っているふうに強ばっている。

ぼくは茫然となりつつ、野田さんの吐き出した棘に胸を痛くしている。穏やかだった内側に、こんなに激しい思いが隠されていたなんて……。

「………でもね」

野田さんの嵐が、ふいに凪《な》ぐ。

「それは違うでしょう?」

いつもの、穏やかな陽差しのような表情があった。

「陽菜ちゃんは走ることに真剣で、私の大事な後輩なのよ……」

ぼくは気づいた。野田さんはそのことで苦しみ抜き──すでに打ち克《か》っていたんだと。

「陽菜ちゃんのこと、恨んでなんかないわ。私は走りたかった。走るのが大好きだった。だから──だからこそね、みんなにリレーを続けてほしいの。あなたに、バトンを託したいの」

紙のように白かった一橋さんの頬が、みるみる紅潮していく。そして、
あぅあぁ──。

泣き出す子供のように甲高いうめき声を上げた。

「……すい、ません……」

かろうじて言ったあと、両手で顔を覆い、膝をつく。

手首をつたって零れた涙がひとつ、コンクリートの床に染みを作った。

「……陽菜は……先輩のことが好きだったんです……」

手のひらの隙間から、か細い声が洩れ出る。

「お守りをくれたあのときから、陽菜は先輩のことが大好きになったんです……。で

も、陽菜はそんな気持ち初めてだったからどうしていいかわからなくて、どうしようもなかったから……。リレーのことも違うんです。ただ、先輩が他の先輩と仲良くしてるのが悔しくて、許せない気持ちになっただけなんです……」

すべてを打ちあけながら、まるで濡れた小鳥のように肩を震わせている。

野田さんは一橋さんの前にかがみ込み、透ける体でそっと、温めるように抱擁《ほうよう》した。

「……一緒に走りたかったんです……」

彼女の胸には、まだたくさんのことが閉じ込められていたようだ。

「休日の競技場で先輩の背中を見ながら、ほんとはずっと横に並んで、一緒に話とかしながらジョグしたかったんです……。それで一緒に帰って、おしゃべりして、どこかに寄って……陽菜はおもしろいこと言えないけど、おしゃべりして……そばに、いたかったんです……」

「ごめんね、気づいてあげられなくて……」

一橋さんが首を振る。

「先輩がくれたお守り、部屋に大事に置いてあるんです。毎日手にとって見てるんです。うれしくなるから。家のつらいこととか忘れられるから……。陽菜の宝物なんです……」

嗚咽する後輩を、野田さんがただ抱きしめている。

「陽菜ちゃん。お守りつけて——走って」

一橋さんが、うなずいた。

そんな彼女を、君花さん、沙織さん、直美さんが、やさしいまなざしでみつめている。

7

春の風が吹いている。

幸せそうにぼやけた青い空に舞っている。

今日は選手権大会兼国体の代表一次選考会で、前よりずっと大きな競技場で、スタンドには最前に詰めたぼくの他にも学校関係者などがそれなりに席を埋めていた。

もうじき、女子の4×100メートルR予選が始まる。

開始一五分前、召集が完了し第三ゲートからぱらぱらと選手たちがフィールドに出てきた。選手権大会ということで、高校生だけでなく大学や一般選手の姿もある。

マリ女子のメンバーが姿を現した。

君花さんと、沙織さんと、直美さんと、一橋さん。

ぼくを見つけて、一橋さんがにこにこと手を振ってきた。

「見ててくださいね！」

あかるい声。その首には、チタン繊維を織り込んだネックレスに交通安全のお守りを縫いつけたものが誇らしげにかけられている。

他のみんなもこっちを向いて、それぞれ「がんばるよ」という表情を浮かべる。

ぼくは、うなずき返した。

彼女たちは再び背を向けたけど、一橋さんがまだ手を振っている。直美さんが軽くたしなめると「えへへ」と笑って、跳ねるような足取りでついていった。

あれから、彼女はずいぶん変わったそうだ。

素直で人なつっこくなり、仔猫のように先輩たちにまとわりついているという。変わるときは極端に変わる、ということなんだろうか。

トラックの手前で、彼女たちが円陣を組む。

ふぁいっ、お――――!

気合いの声が、ここまで届いた。

互いの顔を一度見合い、それぞれのスタートラインへと散っていく。

各チームの第一走者が係員の点呼を受けて、バトンを手渡される。

予選が始まった。

予選一組目がスタートラインに並び、号砲とともに走る。

第一走者からアンカーまで、約五〇秒のレース。

翌日の決勝進出を決めたチーム、残った組のタイムしだいのチーム、ほぼ絶望的なチームと、結果が出ていく。

二組目、三組目。

そして――

いよいよ、マリアンナ女子の入った第五組が出てきた。

「おっ、始まるぞ」

背後の声。周囲の関心が、にわかに高まった。

このレースには大小二つの注目すべき点があるからだ。

大きくは、全国レベルの大学チームが組に入っていること。

小さくは、

「こないだの春季でマリ女、バトンミスで失格したんだってな」

そういう関心。

第一走者が斜めに引かれたラインに並び、スターティングブロックの調整をして、クラウチングの構えを取っていく。

五コースに、君花さん。

オールウェザーのトラックに視線を落としながら、彼女はしっかりバトンを握っている。

心を乗せて、つなぐものを。

係員がピストルを掲げた。

「用意」

一斉に腰が上がる。

パァン――

ブロックを蹴る金属音が重なった。

豹《ひょう》のような疾走。

徐々に体を起こし――ぴんとまっすぐになる。

君花さんが先頭に飛び出していた。

第一走者はスタートダッシュが命。

彼女の不動の位置だったという。

四人がチームを組もうと言ったその瞬間に自分から志願し、周りも納得し、最初に決まった。

彼女は性格そのままに、まっすぐ走る。

全国レベルの大学チームと、体一つの差を開けた。

「マリ女が銀嶺《ぎんれい》大をリードしてるぞ」

「スタートよかったからな」

後ろでそんなつぶやき。

もうじき一〇〇メートル。

沙織さんがリードを開始した。

君花さんは精いっぱいに腕を伸ばし――沙織さんにバトンをつないだ。

沙織さんが走る。

普段は乏しい表情に、懸命さをいっぱいに浮かべて走る。

どんどん差を広げていく。

第二走者はチームで二番目に速い走者の役目。一橋さんが入る前、彼女はアンカーを務めていた。

言葉の代わりに走りで気持ちを示す彼女は、チームから堅い信頼を得ていた。

「ね、ね、マリ女速くない……？」

「誰かタイム取ってるっ？」

直美さんがリード開始。

普通はあらかじめコースに目印をつけ、前の走者がそこを通過したときに開始するらしいけれど、彼女たちにそんなものは必要ない。

いつもよりずっと速かろうと。

沙織さんがバトンを差し出す。

ばしっ、と直美さんの手のひらに収まった。

沙織さんが転ぶ。

直美さんが一気に加速。

ゴムで縛った髪を振り、駆ける。

もう、他の走者などいないかのよう。

「21秒98！」

「マジ⁉　ジュニア記録出るじゃん！」

彼女たちにとって、これは他チームとの戦いではない。

「マリ女がなんで予選から全力なのよ……？」

大会ですらない。

第三走者はバトンをコーナーで受けコーナーで渡す、最も器用さが要求されるポジション。直美さんは元々は第二走者。

かつて、ここは別のランナーが担っていた。

直美さんは走る。

アンカーのもとへ。

そのとき――ぼくの脳裏に一時間前の光景がよみがえる。

『アンカーは先輩です』

『え……？』

『みんなで決めたんです。先輩に走ってもらおうって』

『何言ってるの、そんなことしたら――』

『大丈夫です。来週には総体予選がありますから。だから……』

『……もう一度、実栗さんと走りたいんです』

『走ろうよ実栗、なあ、一緒に走ってくれよ』

『やろうよ。あたしたちの……』

最後のリレー。


そして、アンカーのスタートラインには――野田さんが立っている。

直美さんがバトンを差し出す。

ぼくの目に、リードを開始した野田さんの姿が映っている。

二人の距離がなめらかに縮んでいく。間になにか不思議な力が働いているように。

寸分の迷いもなく。

それは何度も心を運び、受け合ったことで生まれた……絆。

野田さんの手に、バトンが渡った。

「お、おい、なんでマリ女のアンカー走らねぇんだよ？」

……もちろん、そんなはずはない。

「どうなってるのよ？　コースにも出ないで！」

「故障？　レコード更新だったのに……」

マリアンナ女子のアンカー、一橋陽菜が走らないというトラブルに、スタンドの観客や係員たちが戸惑い、ざわめいている。

けれど——。

ぼくには。

そして君花さんにも沙織さんにも直美さんにも陽菜さんにも————…見えている。


走る野田さんの姿が。


とてもうれしそうに、輝くように幸せそうな表情で走る、その姿が。

「がんばれっ！　がんばれ実栗っ‼」

君花さんが、

「実栗さん、あともう少しです‼」

沙織さんが、

「実栗……実栗ぃ……っ‼」

直美さんが、

「せんぱあああああい‼」

一橋さんが叫び、みんなで――

「いけえええええええっ‼」

精いっぱいのエールを送った。

そして――

野田さんがゴールを駆け抜けた。

誰よりも速く。

両手をいっぱいに上げて、溢れるほどの笑みを浮かべて――。

その姿が風にとけていく。

ゆっくりと……霧に映った虹のように薄らいでいき……

消えた。

あとには、透明な空気が残った。

みんな、涙を浮かべながらも、見上げている空のようなさわやかさで微笑んでいる。

『あの日、借り物のスパイクを履いて初めてオールウェザーのトラックを走ってみたとき……』

ぼくの耳の奥に、彼女の声がよみがえる。

『トットッて、ものすごく軽く走れて、背中を押されているみたいで、おもしろくて、このまま空も駆け上がれるんじゃないかって……そんな気がしたの』

天を仰ぐ。

春の風が前髪をふわりと撫でた。

――ああそうか。

ぼくは思った。

彼女は風の階段のぼって、あそこへ駆けていったんだ……と。

明の休日 -sequels-

¶

休日、ぼくは珍しく美術館に行こうとしている。

美術部の大森厚士から誘いを受けたのだ。絵が公募展に入選したから観に来てほしい、と。

去年のクリスマスイブ、妙名さんと描いた最後の合作だろうか。

ドアを開けると、五月の陽気が肌に当たる。

今日はティーシャツ一枚がちょうどよかった。

公園にさしかかったとき、宙に舞う白い羽根が見えた。

小さな女の子二人が、バドミントンをしている。

「わあっ」

片方の子が強く打ち返してしまい、シャトルが相手のずっと後ろに飛んだ。

「ごめーん」

落ちたシャトルは、ぼくのすぐ前。

それを拾い、駆けてきた女の子に差し出す。

「はい」

「……ありがとう」

駆けてきた子は、桃香の妹の聡美ちゃんだった。

会うのは久しぶりだから、大きくなったなと思う。

友達もできたようだ。

——桃香に似てる。

間近にしてぼくは思った。口許が似ている。

ぼくからシャトルを受け取り、聡美ちゃんは行こうとする。

「聡美ちゃん」

ぼくは呼び止めていた。

確かめたいことがあった。

振り向いてきた聡美ちゃんに、ぼくは尋ねる。

「桃香お姉ちゃんのこと……覚えてる？」

その瞳に、年齢に似合わない深い色が浮かんだ。

こくん、とうなずいた。

「そっか」

ぼくは安心した。忘れていてほしくなかった。

するると、聡美ちゃんが少しためらう仕草をして、見上げてくる。

「なに？」

「……桃香お姉ちゃんは、お姉ちゃんだったんだね」

その言葉の意味を、ぼくは正しく察した。桃香が誰だったかを知ったんだ。

「……うん」

「お姉ちゃんは……天国に行った？」

心配そうな問いかけに、ぼくは深くうなずく。

聡美ちゃんが笑った。

お姉ちゃんに負けないくらいの、明るい笑顔だった。

「さとみー」

友達が、待ちかねている感じで呼んでくる。

「今いくー」

そう応えて聡美ちゃんは、最後に一度ぼくを見て、戻っていった。

見送って、ぼくもまた歩きだす。

たぶん聡美ちゃんは、このことをおばさんにも言っていないだろう。それは聡美ちゃんの中にある秘密なんだ。

宝物みたいな秘密。

昔、ひとりぼっちだった頃、お姉ちゃんの幽霊が一緒に遊んでくれた――。
大人になってもそんなふうに思い出すだろう。
けっして忘れないだろう。

¶

美術館は、上枝《ほつえ》駅から五分くらいの場所にあった。

有名な建築家が設計したらしき個性的な風合いで、かなり大きな施設。

しげしげと見上げながら近づいていくと、入口のわきで大森が待っていた。

「よう」

「お疲れ」

軽く挨拶する。ぼくたちは今、学食とかで顔を合わせたら話すくらいの仲だ。

大森に案内されて進むと『第一一回　美果《びか》展会場←』という標識が目につく。

三階に上がって、展示場に入った。

広い。

室内に仕切りの壁が並び、そこに額縁のついた大きな絵が立てかけられている。

それを見ている来場者は、ぼくたちみたいな高校生じゃなく、大人が大半だった。

ぼくには全員絵が上手そうに映る。

「なんか、本格的だな」

「うん、まあ」

大森によると、そこそこ名のある公募展なのだという。出品しても、審査を通った作品しか展示を許されない。さらにその中から「大賞」「優秀賞」などの格付けがされる。

つまり彼の絵は、審査を通ったということだ。

「すごいな」

素直に感心すると、彼ははにかみつつもしっかり前を向いて、

「有名になるって、妙名と約束したからな」

そう言った。

ぼくは展示作を見て歩きながら、あの合作を探す。

「あの絵見るの、久しぶりだよ」

「違うよ」

「え？」

「出したのはあれじゃない」

大森が足を止めた。

そして左の壁に向き直る。ぼくも戸惑いつつ——それを見た。

妙名さんがいた。

絵筆を片手にこちらに向かって何か面白い話をしているような彼女が、カンバスい

っぱいに描かれていた。

大胆で奔放なタッチで、けれど少女のやわらかさを捉えている。印象派を思わせるにぎやかな色彩と、今っぽいコミックのデフォルメが微妙にとけ込んでいて、それが新鮮な画風を作り出していた。

「須玉に見てほしかったんだ」

彼が言う。

「俺の第一歩を。須玉のおかげだから。最後の合作を完成させて、あいつと話せたから、できたんだ」

けっして写真のような精密さではないのに、ここには彼女の存在が息づいていて

——


あ、須玉くんじゃない。元気？

そんなふうに話しかけてきそうだった。

懐かしさで、胸がいっぱいになった。

「……妙名さんの声が聞こえてきそうだよ」

ぼくの感想に、大森はありがとう、と応える。

タイトルは『妙名』。プレートの横に『新人賞』と書かれた花飾りがついている。

「厚士」

背後から声がした。

振り向くと、そこには見覚えのある女性——長野先輩が立っていた。

ぼくに気づいて、軽く会釈してくる。短期の美術大学に進んだと、前に大森から聞いた。

「なんだ、留実《るみ》？」

大森が名前で呼ぶ。二人は今、付き合っているのだった。

「館山《たてやま》先生が話したいって」

「えっ！」

大森はびっくりして、彼女が示した先にいる初老の男性を見る。

「ちょっと行ってくる」

ぼくに断り、緊張した面持ちで歩いていった。

「この展覧会の主催者で、彼の好きな画家なんです」

長野先輩が、ぼくに説明してくれた。

「へえ」

それきり沈黙が流れる。どうしよう。ほとんど接点がなくて、何を話したらいいか困る。

長野先輩が絵を見た。

とりあえず、ぼくもそうした。

そしてぼくは、これはどうなんだろうと気づいた。大森が妙名さんのことを描くというのは、彼女にしてみれば複雑なんじゃないか。

「妙名さんは、特別な位置にいるから」

察したかのように長野先輩が言った。

「これからもずっと妙名さんはいて、私は意識しながら、ほんのちょっと遠慮しながら厚士と付き合っていくことになると思う」

「いいん、ですか？」

ぼくが尋ねると、彼女はこっちを見て、驚くくらいわだかまりのない表情でうなずいた。

「私も妙名さんのこと好きだったから。それに……」

「それに？」

「恋人の位置は、間違いなく私なんだから」

茶目っ気を混ぜながらも、自信をにじませる。

ぼくはなんだか、ごちそうさまという感じだった。

美術館を出て、駅へ向かう。

車の騒音に包まれていると、さっきまでの静かな空間が夢みたいに思えてくる。

別れ際の大森の興奮した顔を思い出す。憧れの画家に褒められて、とてもうれしそうだった。

道に進んでるっていうか、充実してるっていうか、ほんとに尊敬する。

駅前の通りでカレーの匂いがしたとき、ぼくは自分の空腹に気がついた。そういえばもう一時過ぎだ。

カレー食ってくか。そう思ったとき、

「どーもっ」

いきなり声をかけられた。

振り向くと、すごく可愛い女の子がいた。知らない子だ。

「お兄ちゃん」

その隣に、柚がいた。

「柚……」

「そこで見かけたから。あ、紹介するね。この子は――」

「初めまして、鈴置杏奈《すずおきあんな》っていいます。妹さんのクラスメイトです」

気さくな調子で挨拶してきた。

細くゆるいウェーブの髪、きれいで光の強いまなざし。柚を月とするなら太陽という感じだった。

「よろしくお願いしますね」

「ああ、よろしく」

「話聞いてますよ。へー、あなたがゆっちの『お兄ちゃん』なんですね～」

ふぅん？　と意味ありげにつぶやき、ぼくの顔からつま先までを見てくる。

「何……？」

「いえ」

鈴置さんが柚に振り向く。そして、

「ねえ、どこがいいの？」

「杏奈っ！　な、なんでもないのお兄ちゃん！」

なぜかあわてた様子で両手のひらを振る。

「まぁーいいけどねぇー」

鈴置さんがにたりと笑う。

「柚たちは買い物の途中か？」

「う、ううん、映画観たの。これから買い物だったんだけど——」

「わたしに急用ができちゃいまして、帰るとこだったんですよ。そしたら、ゆっちがお兄ちゃんを見つけましたです。それはもう目ざとーく」

「あ、杏奈っ」

「はいはい。とにかくちょうどよかったです。わたしたちお昼まだだったんで、よかったら連れてってやってください。——よかったね〜、ゆっち？」

すねたような顔で睨む柚に、鈴置さんは「じゃあね〜ん」と手を振り、去っていった。

よくわからないけど、とりあえず仲が良さそうだ。

「柚は何が食べたい？」

「なんでも。お兄ちゃんの好きなものでいいよ」

「じゃあ、カレーでいいか？」

「うん」

とは言いつつ、柚がいるのでもう少しちゃんとしたカレー屋を探すことにする。

「鈴置さんだっけ？　友達」

「うん」

「かわいい子だな」

「……そうだね、クラスの男子もよく見てる」

「だろうな」

柚がじっと不安そうにぼくを見てくる。

「どうした？」

「え？　ううんっ」

ぱっと逸《そ》らし、

「あっ、見てお兄ちゃん」

唐突に前を指さす。

「あそこのウィンドウ」

その百貨店のショーウィンドウには、夏をイメージした浜辺のディスプレイがあった。

「気が早いよね」

「……あそこはいっつもそうなんだよ」

言いながら、ぼくの脳裏に既視感《デジャビュ》がかすめる。

「でも、なんかいいよな。新鮮で」

記憶から借りた言葉に、柚はそうだね、とうなずいた。

通り過ぎ、視線を前に戻すと、向かいから歩いてくる一人の女の子が目に入った。

往来の中でひらひら頼りなくあおられていたけど、本人は不快そうでなくなぜか上機嫌そう。

まもなくぼくの視線に気づいた彼女が、うすい花びらのように微笑む。

川名さんの親友、寺橋由佳里さんだった。

「お久しぶりです、須玉さん」

「久しぶり。……偶然だな」

「休みの日はよく出てきて、あちこち見て回るんです」

そう言ったあと、寺橋さんが柚を見る。

「妹なんだ」

「はじめまして、柚といいます」

ややぎこちなく柚が頭を下げると、寺橋さんもこちらこそ、と返す。

「妹さんでしたか」

言って、ぼくに耳打ちしてくる。

「てっきり恋人かと思っちゃいました」

「違うよ」

苦笑した。

「そうですか。でも水葡に気を遣うとか、そういうことは考えないでくださいね」

寺橋さんが少し真剣な面持ちになって言う。

「須玉さんが新しい恋人と幸せになった方が水葡は安心するでしょうから。水葡はそういう子です」

「あ、うん……」

事情が事情だけに、ぼくはなんと答えていいかわからない。

そのとき――

「………恋人？」

ぽつりと、柚がつぶやく。

それから、すぅと音もなくぼくを見上げてきた。

「え、えっと……」

なんだろう。見つめてくる柚の表情はまったくいつもどおりなのに、ちっともそうでないような気がする。

「どういうこと、お兄ちゃん？」

そういえば急に気温が下がったような感じもして、体が震えそうだ。

「あ、そうだ須玉さん、来月うちで学園祭があるんです」

言って、寺橋さんは財布から手製らしきチケットを取り出した。『2年4組　お化け屋敷』と書いてある。

「よろしければ来てください。わたし、ぬりかべやりますから」

「あ、ああ……」

ぼくは寺橋さんからチケットを受け取る。

「それじゃそろそろ失礼します。よい休日を」

ぺこりとおじぎして、寺橋さんがわきを通り過ぎようとする。

そのとき——気配を感じた。

ぼくははっとなって、目をこらす。

霊視《み》えた。

寺橋さんのすぐ後ろに、すらりと背の高い中世の騎士のような女の子が。

川名さんは目許を穏やかに細め、ぼくを見てきている。

こういうことだよ、と言っているように。

「川名さん……」

誰にも聞こえない小さな声でもらす。するとすれ違い際に川名さんが、

「またね、ダーリン」

あまりにも彼女らしくない台詞に、ぼくは唖然となる。

と思うと、川名さんが耳まで真っ赤にしてうつむいた。ちょっとやってみたくてやったらとんでもなく恥ずかしかった、というふうに。

前言撤回。とても彼女らしい。

——ああ、またな。

寺橋さんの背中が遠ざかっていく。

往来の中、相変わらずひらひら花びらのようにあおられているが、これからはもうけっして転んだりはしないだろう。

親友が護っているから。

柚が怒っている。

ような気がするのは錯覚だろうか。

ホームで電車を待っている柚の表情は変わらないように見える。でもなんとなく話しかけづらい雰囲気で、さっきのカレー屋でも普段は食べない辛口だったし、とにかく様子が違うのだ。

ぼくにはさっぱりわけがわからない。

強いて挙げるなら川名さんや寺橋さんについて聞かれたとき、ちゃんと説明するわけにはいかず誤魔化してしまったことだけど、そのくらいのことで柚が機嫌を損ねるだろうか。

「……な、なあ柚」

「何？」

心なしか、声が冷たい。

「下枝の学園祭、一緒に行こうか？」

ぼくはなんとか機嫌を取ろうと試みる。

「屋台でいろんなもん食べたり、劇観たり、さ。二人で回ろう」

「……二人で？」

手応えありだ。やっぱり高校生になって間もないから、学園祭には興味津々だろう。

「もちろん他にも誘っていいけどさ、楽しいぞ、きっと。な？」

柚の眉尻がなだらかになっていき、口許がほころぶ。

「うん、二人で行こ」

どうやら機嫌が直ったようだ。ぼくはほっと息をつい――

「あーっ、須玉先輩じゃないですか！」

後ろから、はしゃいだような声。

振り向くと、聖マリアンナ女子の一橋《いちはし》さんと新家《あらや》さんがホームへの階段を上ってきていた。ジャージ姿で、肩にスポーツバッグをかけている。

「こんなところで会うなんてびっくりですね！　お出かけですか？」

一橋さんが人なつっこく話しかけてくる。

「いや、これから帰るとこなんだ」

「あ、先輩の駅って花冠《かかん》でしたっけ。陽菜たちも帰るとこなんですよ！　今日は競技場で練習したんです。それで、陽菜と直美先輩の家が近いんです。よねっ？」

一橋さんが新家さんの方を向く。腕を組んでじゃれつく後輩に、新家さんはやや辟《へき》易《えき》したように生返事する。最初に二人を見たときからは想像もつかない光景だ。

「ところで、そちらの方は？」

「妹なんだ」

柚が頭を下げた。

「あ、そうなんですね？　てっきり彼女さんかと思いました」

「えっ……！」

柚が敏感に反応する。

ぼくは大げさだなと苦笑しつつ、新家さんに話しかけた。

「もうじきだったよな、関東大会」

新家さんがうなずく。先月あった総体予選は余裕で優勝して、ぼくもその場に居合わせていた。

「よかったら見に来て」

言いながら、新家さんが少し遠いまなざしをする。

「あたしたちが全国を決めるところ……実栗の想いを叶えるところを」

「陽菜も、精いっぱい走ります」

一橋さんが、力のこもった声で継ぐ。

「それで、インターハイ優勝を先輩に捧げるんです」

「……応援に行くよ」

ぼくが応えると、二人はそっと微笑んだ。

今の彼女たちならきっとできる。インターハイのレベルは知らないけれど、ぼくは疑いなく思った。

¶

「お兄ちゃんって、ずいぶん女の人の知り合いが多いんだね」

帰りの電車で、柚がそんなことを言ってきた。

たしかにそうだなと思った。

「まあ……最近増えたたな」

「どうして？」

「それは……」

濁すしかない。ぼくは上を見ながら、

「まあ、たまたま」

さっきみたいに機嫌悪くなるかなと身構えたら――

「……ま、いっか」

軽い声が聞こえた。

振り向くと、柚は口の端をくすぐったそうに上げている。なんだかとても上機嫌だ。

「どうした？」

「え？　なんでもないよ？」

ぼくはそうか、と視線を戻す。

夕方前の中途半端な時間で、車内はとても空いている。揺れに身を任せてぼんやりしていると「……そういうふうに見えるんだ」という柚のつぶやきが聞こえた。

「え？」

「ううん」

柚が首を振る。

「そうだ、晩ご飯の材料買って帰ろうよ」

「ああ」

「お兄ちゃん、何食べたい？」

「そうだなあ……」

車内に、最寄駅への到着を告げるアナウンスがのんびりと流れた。

この物語はフィクションです。もし同一の名称があった場合も、実在する人物、団体等とは一切関係ありません。

本作品は、二〇〇三年八月に電撃文庫より刊行された『Ａｓｔｒａｌ』を加筆・改稿のうえ刊行しました。

宝島社
文庫

君にさよならを言わない
(きみにさよならをいわない)

2015年 8 月20日　第 1 刷発行
2023年 6 月20日　第15刷発行

著　者　七月隆文
発行人　蓮見清一
発行所　株式会社 宝島社
〒102-8388　東京都千代田区一番町25番地
電話：営業 03(3234)4621／編集 03(3239)0599
https://tkj.jp
印刷・製本　株式会社広済堂ネクスト

本書の無断転載・複製を禁じます。
落丁・乱丁本はお取り替えいたします。
©Takafumi Nanatsuki 2015 Printed in Japan
First published 2003 by MediaWorks, Inc.
ISBN 978-4-8002-4314-0

宝島社文庫　好評既刊

宝島社文庫

新装版　今日、きみと息をする

武田《たけだ》綾乃《あやの》

悩める男子高生・宮澤けいとは、同級生の田村夏美から美術部への勧誘を受ける。けいとはイケメンの沖泰斗も美術部に誘うが、けいとは夏美が、夏美は泰斗が、泰斗はけいとが好きというややこしい三角関係に陥っていた。この関係に終止符を打つべく、夏美は泰斗への告白を試みるが…。

定価　760円（税込）

宝島社文庫　好評既刊

宝島社文庫

そして花子は過去になる

木爾《きな》チレン

学生時代のトラウマで引きこもっている21歳の花子。バイト先のコンビニと家を往復するだけのフリーターの蓮。スマホゲームで出会った二人は惹かれ合い、現実でもデートを重ねるようになるが……花子にはその記憶がない。デートに行っている「私」は一体誰なのか――？

定価 790円（税込）

宝島社文庫　好評既刊

宝島社文庫

ぼくは明日、昨日のきみとデートする

七月《ななつき》隆文《たかふみ》

京都の美大に通うぼくが、電車の中で一目惚れした女の子。名前は、福寿《ふくじゅ》愛美《えみ》。意を決して声をかけ、交際にこぎつけた。ところが、気配り上手でさびしがりやの彼女には、ぼくが想像もできなかった秘密が隠されていて――。彼女の秘密を知った時、きっと始めから読み返したくなる。

定価　737円（税込）

宝島社文庫　好評既刊

宝島社文庫

君にさよならを言わない2

七月隆文

幽霊が視える高校生の明。幽霊たちはさまざまな傷や後悔を抱えて、明に助けを求めに来る。地縛霊の小梅さんが娘を想ってついた優しい嘘とは？「花と鳥」、お盆に帰ってきた少女の幽霊が明にせつない記憶を残す「静かの海」。少年が幽霊たちの魂を救う人気シリーズ。

定価 605円（税込）

宝島社文庫　好評既刊

宝島社文庫

サラと魔女とハーブの庭

七月隆文

学校になじめなくなった由花は、田舎で薬草店を営むおばあちゃんの家に身を寄せる。秘密の友達・サラと、もう一度会うために。ハーブに囲まれた生活は、きらきらした魔法みたいな日々。ずっとこんな日が続けばいい、そう願い始め――。最後にわかるサラの真実。読後、心に希望が満ちてくる。

定価　740円（税込）